Hrsg. SINA BLACKWOOD

DIE VIECHER SIND SCHULD!

Bibliografische Informationen der Deutschen Nationalbibliothek:
Die Deutsche Nationalbibliothek verzeichnet diese Publikation in der Deutschen Nationalbibliografie; detaillierte bibliografische Daten sind im Internet über http://dnb.de abrufbar.

© 1. Auflage Oktober 2016
Herausgeberin Sina Blackwood

Coverbild: fotolia/108528272 - farm animal © visible3dscience
Illustrationen: Kadée
Layout: Sina Blackwood

Die Personen und Namen in diesem Buch sind frei erfunden. Ähnlichkeiten mit heute lebenden Personen sind rein zufällig und nicht beabsichtigt.

Herstellung und Verlag:
BoD – Books on Demand, Norderstedt
ISBN: 9783741275579

Die Viecher sind schuld!

6	Vorwort	
7	Peterle ODER Ein Herz, vom Esel im Galopp erobert	Sina Blackwood
12	Tierisches Leben	Nancy Meissner
16	Wie die kleine Raupe zu ihren Farben kam	Karin Geyer
25	Alpenfauna	Michael Gimmel
27	Tschiris Reise	Silvia Grad
33	Der Kobold im Auto	Jana Heidler
37	Schlafstörung	Iris Fritzsche
39	Bis aufs Blut	Sina Blackwood
43	Der Esel, der das *Ah* verlernte	Jacqueline Zöllner
48	Mein rothaariger Freund	Karin Geyer
53	Die Viecher sind schuld!	Sina Blackwood
62	Der Pfau	Iris Fritzsche
68	Hunde-Elend	Nancy Meissner
75	Finn	Jana Heidler
81	Der Schatz	Sina Blackwood
86	Die einsame Biene	Nancy Meissner
91	Sita, die Kohlmeise	Silvia Grad
105	IM Rotkehlchen	Jana Heidler

110	Weiber, Katzen, Schmetterlinge ODER Die magische Kraft böser Wünsche	Karin Geyer
121	Wahrnehmung ist Ansichtssache	Jana Heidler
125	Die Zecke	Iris Fritzsche
127	Lied der jungen Naturforscher	Michael Gimmel
129	Ungehörte Hilferufe	Jacqueline Zöllner
158	Baum der Begegnung	Gerda Stender
161	Spinnen am Morgen	Michael Gimmel
163	Das Geheimnis des Silberwolfs	Nancy Meissner
192	Der Schmetterschling	Michael Gimmel
195	Vandalen sind los	Jana Heidler
199	Igel Friedrich	Iris Fritzsche
202	Das Glück dieser Erde	Sina Blackwood
207	Grüße von Luzi	Karin Geyer
212	Vitae	

Das Bild zur Peterle-Geschichte wurde freundlicherweise von Herrn Klaus Dietrich / Telfs zur Verfügung gestellt.

Vorwort

Die Viecher sind schuld!
Na klar! Wer sonst?

Peterle, der junge Eselhengst aus Tirol, ist zum Beispiel Schuld daran, dass es dieses Büchlein überhaupt gibt.

Dafür, dass im Buch für jeden eine Geschichte zu finden ist, tragen aber wir Menschen die Verantwortung. Wie für so vieles, was wir unseren Tieren Böses antun, aber auch Gutes zukommen lassen.

Und mit all jenen Begebenheiten sind die folgenden Seiten wohlgefüllt. Wird gerade noch von kuscheligen Tierbabys erzählt, so nehmen im nächsten Augenblick völlig abgedrehte Beziehungskisten ihren Lauf und nicht selten eine bizarre Wendung.

Am besten suchen Sie sich ein ruhiges Eckchen, kuscheln sich mit ihrem Haustier gemütlich hinein, und beginnen ganz einfach zu lesen.

Ihre Sina Blackwood

Sina Blackwood

Peterle
ODER
Ein Herz, vom Esel im
Galopp erobert

Das Leben geht hin und wieder Wege, die man oft erst auf den zweiten Blick versteht.

So verweben sich plötzlich auf wundersame Weise Schicksale von Menschen und Tieren, wie jene des Eselchens Peterle, mit einem Inhaber eines Bus- und Reiseunternehmens aus Tirol.

Einem Flecken Erde, der mit wundervollster Natur gesegnet ist und wo sich in vielen kleinen Gemeinden die Leute noch kennen und gegenseitig helfen.

So auch in der rund 1700-Seelen-Gemeinde Oberhofen im Oberinntal. Hier führt nicht nur der weltbekannte Jakobsweg hindurch. Nein, hier gibt es auch den längsten Radweg Tirols, unzählige Wanderwege zu gut bewirtschafteten Almen und grandiosen Bergen, wie dem Rietzer Grieskogel, mit seinen 2884 Metern Höhe. Reizvolle Häuser entlang des Inn, prägen das Ortsbild. Ein Platz auf dieser Welt, wo der Urlaubsgast meint, dass ausschließlich Glück und Freude zu Hause sein dürften.

Doch hinter den Kulissen spinnen die Parzen ihre Fäden…

So lebt hier auch eine Familie mit einer dreijährigen Tochter und alle freuen sich, als sich endlich ein Geschwisterchen für die Kleine ankündigt.

Doch nach strahlendem Sonnenschein ziehen oft finstere Wolken auf und so nimmt eine Katastrophe ihren Lauf, mit der niemand gerechnet hat – die junge Mutter stirbt nach der Geburt ihres zweiten Kindes. Der völlig geschockte Vater bleibt mit seinem Töchterchen und dem Neugeborenen allein zurück und steht vor einem seelischen Abgrund, in den alle drei zu stürzen drohen.

Die ganze Dorfgemeinde versucht, zu helfen, so gut es geht, und schmiedet einen Plan, die Verzweifelten auch finanziell zu unterstützen.

Es wird also auf dem Bauernmarkt eine amerikanische Versteigerung organisiert, von der auch die Nachbargemeinden erfahren. Im wenige Minuten entfernten Telfs, erreicht die Nachricht den Busunternehmer. Er, der am eigenen Leibe erfahren hat, wie es sich anfühlt, die geliebte Frau auf tragische Weise zu verlieren, zögert keinen Augenblick, an der Versteigerung teilzunehmen, und sei es nur, um den Preis kräftig in die Höhe zu treiben.

Nach leidenschaftlichem Poker um 30 Kilo Käse, wird schließlich ein junger Eselhengst angeboten.

Der Unternehmer steigert fleißig mit und wieder schlägt das Schicksal einen merkwürdigen Haken, denn er ist am Ende der Höchstbietende und somit mit einem Mal Besitzer des vierjährigen Eselchens namens Peterle aus dem Bregenzer Wald. Nun ist der stolze Gewinner der Auktion aber weder Stallungseigner noch Landwirt…

Auf die Schnelle bittet er den bärtigen Almwirt um Hilfe, der Peterle fürs Erste auf seine Wiesen mitnimmt, weil es dort bereits eine Eselfamilie gibt. Jetzt gilt es aber, einen dauerhaften Platz zu finden, denn Esel leben im Rudel und es wäre blanke Tierquälerei gewesen, den kleinen Hengst allein zu halten. Zudem hatte Peterle mit seinen großen sanften Knopfaugen die tiefe Zuneigung seinen neuen Besitzer praktisch im Galopp erobert. So ist es kein Wunder, dass der seinen putzigen Esel besucht, wann immer sich die kleinste Gelegenheit bietet, ihm Möhren zum Knabbern mitbringt und ihn mit liebevollen Streicheleinheiten versorgt. Dann betrachtet er oft selbstvergessen das graubraune Fell mit dem dunklen Aalstrich, krault Peterle zwischen den langen Ohren, streicht ihm über die kurze dunkle Stehmähne und amüsiert sich über die lustige großen Quaste am Eselsschwanz.

Hin und wieder lädt Peterle seine Weidefreundin, eine weiße Eselin, zum Karottenmenü ein. Er ahnt nicht, dass er nicht für immer hierbleiben kann und dass sich darüber sein Herrchen große Sorgen macht.

Dann findet der clevere Unternehmer eine geradezu geniale Lösung. Statt seinen süßen Schützling in eine ungewisse Zukunft oder gar zum Schlachter zu schicken, wie es andere möglicherweise in gleicher Situation getan hätten, nimmt er kurzerhand mit Gut Aiderbichl in Salzburg Kontakt auf.

Wie die Altvorderen, die alles, was ihnen wichtig war, auf Kraftknoten der Erde errichteten, steht auch dieses Refugium zur Rettung in Not geratener Tiere an solch einem Platz. Wie auf der Homepage des Gutes zu lesen ist, stammt der Name aus dem Keltischen und bedeutet so viel wie Feuerhügel. Und wie bei den Uralten, wurde hier alles aus natürlichem Material konstruiert und passt sich nicht nur optisch in die wundervolle Landschaft ein. Ein Ort, an welchem umsorgt und geborgen, vereinsamte oder geschundene Tiere Kraft und neuen Lebensmut finden.

Dass das jahrhundertealte Wissen um die Kraft der Natur, gepaart mit Liebe und Zuwendung, genau das Richtige für Aiderbichls Pfleglinge ist, zeigt sich deutlich an den unglaublichen Erfolgen des Gutes.

Peterchen wird also, bis an das Ende seiner Tage, im Reich der glücklichen Tiere in einer Herde leben, was durchaus noch volle 35 Jahre sein können.

Sein Herrchen übernimmt die Patenschaft.

Auch, wenn er sich sicher ist, dass die Jahre des Eselsdaseins über seine eigene Lebenserwartung hinausgehen, hoffe ich, der die Geschichte genau so zu Ohren gekommen ist, inständig, dass beide noch viele, viele Jahre bei bester

Gesundheit, zwar räumlich getrennt, doch gemeinsam erleben können.

Wer so viel Gutes tut, soll auch mit Gutem belohnt werden.

Nancy Meissner

Tierisches Leben

Ein Gecko klein und fein,
schläft auf seinem Baumstamm ein.
Der Schatten schützt vor Sonnenlicht,
Angst vor Feinden hat er nicht.
Und wird er doch mal angegriffen,
wird der Schwanz schnell abgekniffen.
Das ist doch ein guter Schutz,
guckt der Feind dann ganz verdutzt.

Eine Bartagame groß und stachelig,
hat die Beute fest im Blick.
Gierig schaut sie zu der Grille,
welche durch Zirpen zerbricht die Stille.
Schnell flitzt die Bartagame zu ihr hin,
hat nur noch das Futtertier im Sinn.
Mit einem Happs ist die Grille weg,
da hat die Bartagame die nächste schon entdeckt.

Der Korallenfinger ist ein Frosch,
und sitzt in einem feuchten Loch.
Gibt von sich ein lautes Quaken,
will aber die Dunkelheit abwarten.
Erst dann wird er richtig wach,
und macht einen ordentlichen Krach.
Dann wird gefressen und gebadet,
bis das Morgengrauen auf ihn wartet.

Die Schlange ist lang und muskulös,
und trotzdem ist sie gar nicht bös.
Oft wird sie als böse dargestellt,
was der Schlange nicht gefällt.
Lieblich schlängelt sie umher,
will nur fressen und nichts mehr.
Angeblich glitschig wie ein feuchter Darm,
ist sie doch ganz trocken und richtig warm.

Ein Panzer ist ihr eignes Haus,
aus dem schaut die Schildkröte müde raus.
Streckt den Kopf langsam nach oben,
für Schnelligkeit kann man sie nicht loben.
Was für ein langsames Tier,
lebt nur für das jetzt und hier.
Grünzeug frisst sie liebend gern,
das ist zum Glück nicht allzu fern.

So ist das tierische Leben,
jedes Einzelne hat was zu geben.
Interessant ist es zu sehen,
wie sie durch ihr Leben gehen.
Was sie brauchen, was sie schützt,
und was ihnen wirklich etwas nützt.
Die Haltung ist nicht einfach,
drum liest man Wissenswertes lieber zweifach.

Karin Geyer

Wie die kleine Raupe zu ihren Farben kam

Draußen vor der Stadt gab es einen großen Wald. Mächtige Buchen standen eng beieinander. Mit ihren dicken Ästen verzweigten sie sich so sehr, dass es nur wenige Stellen gab, an denen die Sonne durch das dichte Blätterdach blinzeln konnte. Auf einigen dieser Blätter hatten Schmetterlinge ihre Eier angeklebt und die Sonnenstrahlen waren bemüht, mit ihrer liebevollen Wärme alle diese kleinen weißen Kugeln auszubrüten. In den Eiern zappelten schon heftig die kleinen Raupen und bald würden sie schlüpfen.

An solch einem wunderschönen Sommertag schlug die kleine grüne Raupe ihre Augen auf. Sie lag zusammengekrümmt in ihrer weißen Hülle. Es ging gerade auf Mittag zu und es wurde unangenehm warm. Die Raupe streckte sich und reckte sich, genau so wie man nach einem langen Schlaf aufwacht, aber noch nicht gleich aus dem Bett will. Es wurde eng in dieser Eihülle. Sie hatte den ganzen klebrigen Saft aufgegessen, in dem sie gut geschützt lag und sie war so sehr gewachsen, dass es Zeit wurde zum Schlüpfen.

Draußen auf dem Blatt krochen viele kleine Raupen umher und plapperten durcheinander.

„He, da liegt ja noch jemand im Ei. Steh auf du Faulpelz," riefen einige ganz empört.

Aber Emma, so hieß die kleine Raupe, gähnte noch einmal ganz lange und wollte erst danach die schützende Hülle aufreißen.

Plötzlich geschah es. Ein kurzes Rauschen in der Luft, Hilfeschreie und Stille.

Emma hatte Angst. Was war geschehen? Langsam steckte sie ihren Kopf aus der Hülle. Nichts. Niemand mehr da. Es war doch gerade noch so laut und lustig? Wo sind die alle hin? Ganz vorsichtig kroch sie aus dem Ei. Tatsache, niemand da. Doch, hinter ihr ein langes grünes Etwas. Aus Angst biss sie erst einmal hinein und brüllte los.

„Aua, das bin ja ich. Das ist mein Schwanz. Autsch, das tut weh, wenn man sich selber beißt." Emma guckte rundherum. Sie sah lauter aufgeplatzte Eihüllen, aber niemand war mehr auf dem Blatt, außer sie selbst.

„Deine Geschwister hat ein Vogel geholt", rief ein großer Marienkäfer, der gerade dabei war, zusammen mit seiner Frau ein Blatt zu säubern. „Ich hab's genau gesehen. Der hat deine Geschwister alle im Schnabel aufgesammelt. Sei froh, dass du so langsam warst, sonst hätte es dich auch erwischt".

Emma wurde traurig. Und je trauriger sie wurde, desto grauer wurde ihre Haut. Das ganze schöne Grün war verschwunden. Jetzt bin ich ganz alleine und niemand spielt mit mir, dachte sie in ihrem Kummer. Große Tränen kullerten ihr über das Gesicht.

„Hör auf zu heulen", meinte ein dicker grüner Grashüpfer. „Sei froh, dass es dich nicht erwischt hat. Vielleicht warst du auch nur zu hässlich zum Essen. Du hast ja gar keine richtigen Farben. Was bist du überhaupt? Ein Regenwurm?"

„Halt die Klappe, du grünes Drahtbein", rief die kleine Raupe.

Emma war wütend. Das hatte ihr gerade noch gefehlt – keine Familie mehr, ein frecher Grashüpfer und Hunger. Emma hatte seit Minuten nichts mehr gegessen. Raupen fressen ständig, hatte sie im Ei festgestellt. Blass und traurig kroch sie am Baum hinunter, um auf der Wiese etwas Futter zu finden. Frisches saftiges Gras, bei diesem Gedanken lief ihr das Wasser im Mund zusammen. Ein Glück, dass Buchenstämme nicht ganz so runzelig sind, sonst hätte sie sich in der Rinde auch noch verlaufen.

Unten angekommen, sah sie ein grünes Tier mit einem großen Maul und riesigen Augen.

„Wer bist du denn?", fragte sie ganz freundlich.

„Ich bin ein Grasfrosch und fresse Würmer und Raupen. Aber du bist so blass und hässlich, dass ich dich nicht im Maul haben möchte. Du bist wohl krank?"

Verdutzt schaute Emma das Großmaul an. Sie war nicht krank, nur traurig.

Bin ich denn wirklich so hässlich, dachte sie und guckte in eine Pfütze. Etwas graues Rundes guckte zurück. Das bin ich, stellte sie verwundert fest. Das ist ja schrecklich. Na, ja. Es hat auch sein Gutes, da frisst mich wenigstens keiner. Aber ... eine Freundin werde ich wohl auch nicht finden und ganz alleine bleiben.

Mit jedem traurigen Gedanken wurde die kleine Raupe auch außen für alle sichtbar grauer und hässlicher. Sie knabberte ein paar Grashalme und legte sich abends unter ein Blatt zum Schlafen. Morgen ist ein neuer Tag und wer weiß, was da alles passiert, überlegte sie noch kurz vor dem Einschlafen.

Großer Lärm hatte sie aufgeweckt. Es blitzte und donnerte. Der heftige Wind riss Emma das Blatt weg. Sie kroch unter einen Ast.

Wie lange es gestürmt und gewittert hatte, wusste sie nicht mehr. Der Tag hatte schon begonnen und es fiel immer noch Regen. So ein schlimmes Wetter. Emma musste warten, bis der Regen vorbei war. Sie war ja so klein und eine Pfütze ist für sie riesig wie ein Meer. Die letzten Wolken zogen gerade ab und die Sonne schaute wieder freundlich über den ganzen Himmel.

Da! Ein großes buntes Tor aus sieben Farben wuchs über den ganzen Himmel. „Oh, ist das schön", staunte die kleine Raupe ehrfürchtig.

„Du Depp", brummte ein großer Igel, „das ist doch ein Regenbogen. Der sieht immer so schön bunt aus, im

Gegensatz zu dir. Den kann man sich wirklich gerne angucken."

„Der ist auch nicht so traurig wie ich", seufzte Emma und wieder kamen Tränen in ihre Augen. „Warum nur bin ich so grau und hässlich?" Mit diesem traurigen Gedanken wurde sie noch trauriger.

Das ist ja seltsam. Ich denke traurige Gedanken und werde noch trauriger. Und je trauriger ich werde, desto farbloser werde ich. Wo ist mein schönes Grün hin? Hat das die Traurigkeit geklaut? Habe ich mir meine Farben etwa von meinen eigenen Gedanken klauen lassen? Solche Gedanken sind ja wie Gespenster!

Sie wollte gerade wieder losweinen, da besann sie sich. Halt, nicht wieder losweinen und noch trauriger werden. Erst einmal tief durchatmen, sonst habe ich bald gar keine Farbe mehr. Wenn mein blasses Grau auch noch weggeht, dann bin ich ja nackt. Bei dem Gedanken musste Emma schon ein klein wenig lachen. Aber das war so wenig, dass es nicht ausreichte, um Farbe zu bekommen.

Ich bin so alleine und ich möchte wieder Farbe haben, dachte Emma noch, bevor der Tag zur Neige ging und sie sich wieder ein Blatt zum darunter Schlafen suchen musste.

Emma wollte aber so schön bunt sein wie der Regenbogen. Sie kroch im Traum ganz hoch in die Buchen, auf deren Blätter sie geboren wurde. Sie stellte sich auf das oberste Blatt, reckte sich ganz toll in die Höhe und rief: „Regenbogen, Regenbogen, bitte schenke mir deine magischen Farben. Ich bin so grau und hässlich."

Am Himmel erschien wie von Zauberhand ein großer bunter Regenbogen. Freundlich antwortete dieser der kleinen unglücklichen Raupe: „Emma, ich brauche dir nichts zu schenken. Du hast die magischen Farben schon alle in dir."

„Wie kann ich diese wunderschönen Farben in mir haben, wenn sie keiner sieht", sagte die kleine Raupe. „Das glaube ich nicht. Alle sagen doch, dass ich hässlich bin."

„Ach Emma. Es ist egal, was alle sagen. Du musst daran glauben, dass du schön bist und dass du die magischen Farben hast. Wenn du ganz fest daran glaubst, egal was alle sagen, dann wirst du deine Farben auch sehen. Und wenn du sie einmal gesehen hast, dann wirst auch du in den magischen Farben strahlen, genau wie ich. Emma, du musst glauben, bevor du sehen kannst. Und höre mit deiner Traurigkeit auf, die nimmt dir deine Farben weg."

Emma erwachte. Die Sonne kitzelte sie ganz sanft. „Ich fühle mich heute so schön, weil ich mit dem Regenbogen gesprochen habe", jubelte Emma. „Ich bin schön und bunt und basta. Und ich will nicht mehr traurig sein, sondern freundlich wie der Regenbogen."

Emma lief durch den Wald und rief immer. „Ich bin schön, ich bin freundlich, ich bin strahlend wie der Regenbogen."

Die Mäuschen, die diesen Lärm mit angehört hatten, fingen an zu lachen: „Die Emma ist durchgeknallt. Hört ihr, was sie sagt? Die spinnt, wie kann sie so schön sein wie der Regenbogen, das gibt es nicht!"

Emma hörte die Mäuse lästern und bekam Zweifel. Wieso funktioniert das nicht? Weshalb ist alles kaputt gegangen durch die Lästerei der Mäuse? Aber der Regenbogen hat es gesagt und ihm glaube ich. Aber es funktioniert nicht. Warum?

Nachts träumte Emma wieder. Sie kroch auf das höchste Blatt der Buche und sie rief abermals den Regenbogen. „Regenbogen, Regenbogen, bitte schenke mir deine magischen Farben. Ich bin so grau und hässlich. Die Mäuse zerreden alles. Es klappt nicht."

Der Regenbogen zeigte sich am Himmel. „Emma, es kann nicht klappen, wenn du es jedem erzählst. Es muss unser Geheimnis bleiben, du musst es in dir behalten ganz für dich allein, dann kann es keiner zerreden auch nicht die Mäuse. Und achte auf deine Gedanken, die klauen dir die Farbe, nicht die Mäuse. Willst du bunt werden?"

„Ja, ich will bunt werden", antwortete Emma dem Regenbogen.

„Dann tu es und sprich nicht mit Mäusen darüber, weil sie es nicht verstehen. Die sind immer grau, die haben keine Farben in sich."

Emma erwachte und war sehr nachdenklich. „Also werde ich gucken, wo die Farben in mir sind. Der Regenbogen hat es gesagt und der weiß es, denn er strahlt selber in diesen Farben".

Sie schloss ihre Augen und schaute in Gedanken in sich hinein. Zuerst sah sie gar nichts. Es war alles finster.

„Aber der Regenbogen hat es gesagt und ihm glaube ich."

Emma guckte lange ganz tief hinein vom Kopf bis in die Schwanzspitze. Da war was. Als sie die erste Farbe mit geschlossenen Augen sah, da freute sie sich sehr. Dann sah sie eine zweite Farbe, eine dritte, bis sie alle sieben Farben entdeckt hatte. Jetzt bloß nicht aufhören, dachte sie und guckte weiter. Darüber schlief sie ein. Sie hatte gar nicht gemerkt, wie müde sie war nach all der Aufregung in den letzten Tagen.

Sie träumte wieder, dass sie den Regenbogen rief: „Regenbogen, Regenbogen, ich habe die Farben in mir gesehen. Wie bekomme ich die nach außen? Haben die Farben Namen? Wie heißen denn die Farben? "

Der Regenbogen zeigte sich wieder am Himmel. „Emma, ich freue mich mit dir. Ich erkläre dir gern die Farben.

Die erste Farbe ist das Rot. Wenn sie kräftig strahlt, dann hast du genügend Energie und Kraft. Dann kannst du alle deine Aufgaben bewältigen.

Die zweite Farbe ist das Orange. Leuchtet es richtig, dann hast du Ausgeglichenheit und Ruhe, Erfolg und Freude. Da ärgerst du dich nicht mehr über die frechen Mäuse.

Die dritte Farbe ist das Gelb. Mit einem schönen Gelb bekommst du Lebensfreude und eine heitere Stimmung. Du bist nicht mehr traurig und du möchtest neue Freunde kennen lernen. Du kannst auch gut falsche Freunde von echten unterscheiden.

Die vierte Farbe ist das Grün. Das ist die Farbe der Hoffnung und Erneuerung. Das frische Grün im Frühling zeigt allen Lebewesen, dass der Winterschlaf vorbei ist. Du bekommst Genesung und inneren Frieden. Du hast auch gute Wünsche, Sympathie und Mitgefühl für Tiere und Pflanzen.

Die fünfte Farbe ist das Hellblau. Du verspürst grenzenlose Freiheit und Abenteuer. Tatendrang und Urlaubsstimmung melden sich dann an. Du kannst besser mit allen Wesen in Verbindung treten und hast viele kreative Gedanken zum Malen und Basteln oder tolle Ideen, die anderen Freude bringen.

Die sechste Farbe ist das Dunkelblau. Es zeigt Respekt für dich und andere und Zuverlässigkeit. Das Lachen gelingt dir dann immer besser. Du lachst Ärger einfach fort.

Die siebente Farbe ist das Violett. Das weckt Neugier auf alles und es macht weise. Du weißt dann einfach, was du tun musst und brauchst niemanden mehr zu fragen."

„Emma", rief der Regenbogen, als er die kleine Raupe ansah. „Mach den Mund zu und höre auf zu staunen. Es ist doch alles so einfach. Strahle von innen her! Tu es!"

Der Regenbogen verschwand und die kleine Raupe wachte auf. Sie wischte sich den Schlaf aus den Augen.

Als sie freudig noch einmal an sich entlang guckte, da sah sie alle Regenbogenfarben und sie war sehr, sehr glücklich.

„Ab heute heiße ich Emma Regenbogen und ich werde immer freundlich und lustig sein, damit meine Farben kräftig von innen heraus leuchten".

Die unsichtbare Göttin, die über alle Farben wacht und sich als Regenbogen am Himmel zeigt, lachte leise vor sich hin.

Michael Gimmel

Alpenfauna
(ein einigermaßen gelungenes Naturgedicht)

Auf der Almen weiter Flur
findest du nicht Almvieh nur.
Freilich triffst du immerzu
auf Spuren einer Alpen-Muh ...
Doch hoch droben in den Lüften
schwingt der Geier seine Hüften
und nur ein paar Wolken weiter
hüpft davon ein Paragleiter.
Vögel zwitschern in den Zweigen
und vermeiden, sich zu zeigen.
Wasserläufer auf der Pfütze
tapsen in die Mittagshitze.
Und im Alpenbachmäander
tummeln sich die Salamander.
Mäuse flüchten in den Schatten,
bis vom Rennen sie ermatten.
Maulwurf taucht in seinen Haufen,
hat ans Taglicht sich verlaufen.
Hinter einer scharfen Biege
blickst du einer Alpenziege
ins gehörnte Angesicht.
Wanderer erschreck' dich nicht!
...
Und selbst nächtens noch im Schlafe
zählst du fleißig Alpenschafe.

Silvia Grad

Tschiris Reise

Ein wunderschöner Sommer neigte sich dem Ende zu. Die Tage wurden kürzer, die Nächte kälter. Bisweilen regnete es. Selbst die Menschen hatten sich verändert und waren nicht mehr so froh gestimmt.

Auf dem Drahtzaun der Wiese neben dem Bauernhof, in dem sie geboren und aufgewachsen war, saß Tschiri, ein kleines Schwalbenmädchen, mit seinen Eltern und Geschwistern. Der Vogelvater erzählte von der langen Reise, die sie bald antreten würden. Unruhig schaute die Vogelmutter zum Himmel. Sie schien auf etwas zu warten.

Plötzlich rauschte ein Schwarm anderer Schwalben durch die Luft und ließ sich auf dem Zaun nebenan nieder. Aufgeregt erzählten sich die Vögel von ihren Abenteuern, die sie im Sommer erlebt hatten. Die Jungen berichteten stolz, wie sie das Fliegen gelernt hatten und sogar schon allein Mücken fangen konnten.

Tschiri hörte derweil dem Vater zu, der ihr und ihren Geschwistern nun den Reiseweg erklärte.

Wenig später starteten alle Schwalben zu dem großen Flug. Auch Tschiri und ihre Geschwister waren dabei. Die Luft war kühl und der Wind wehte stark. Bald schon gerieten die Kleinsten ganz außer Atem. Darum landete die Schwalbenschar auf einer Stromleitung und rastete dort eine halbe Stunde lang, ehe sie weiterflogen.

Endlich erblickten sie in der Ferne das große, blaue Meer. Da staunten Tschiri und die anderen Schwalbenkinder, denn Wasser und Himmel leuchteten in derselben Farbe. Rundum sahen sie nur unendliches Blau.

„Oh, was ist denn das? Da schwimmt ja ein riesiger Fisch", rief Tschiri, als kurz darauf nur noch Wasser unter ihnen war.

Aufgeregt zwitscherten die jungen Schwalben ihr „ tschiripp-tschiripp" und flogen vorsichtig näher. Einer der mutigsten Vögel landete sanft auf dem Fisch, der ruhig weiterschwamm, und so gesellten sich immer mehr Schwalben hinzu, um sich auf seinem Rücken ein wenig auszuruhen.

Gleich darauf entdeckte die Vogelschar einen Babywal und seine Mutter. Tschiri staunte sehr, denn so etwas hatte sie noch nie vorher gesehen!

Plötzlich unterbrach ein lautes Dröhnen die Stille. Am Himmel tauchte ein silbrig glänzendes Flugzeug auf. Die Vogelschar startete sogleich zum Wettkampf. Sie wollte schneller sein als das laute große Ungeheuer. Doch trotz aller Anstrengungen schafften die jungen Schwalben es nicht. Immer weiter fielen sie zurück und wurden langsamer, weil ihre Kräfte schwanden.

Jetzt bemerkten sie auf dem Wasser ein großes Schiff, auf dem sich viele Menschen in der Sonne tummelten. Wie kleine Ameisen sahen sie von hier oben aus.

Die Schwalben setzten ihre Reise fort und waren bald über dem Festland. Tschiri landete als Erste. Endlich konnte sie sich ausruhen, denn das Fliegen war doch sehr anstrengend gewesen. Ach, wie waren auch die anderen Vögel froh, dass sie das große Wasser schadlos überquert hatten!

Tschiris Vater sagte: „Die lange Reise ist noch nicht zu Ende. Wir müssen ja noch mehr als die Hälfte des Kontinents überqueren, um nach Südafrika zu kommen. 10.000 Kilometer sind wir dann geflogen. Und in einigen Monaten nehmen wir denselben Weg wieder zurück in die Heimat."

Als er die erstaunten Blicke der Schwalbenkinder sah, nickte er beruhigend mit dem Kopf und sagte: „Nun, freuen wir uns doch erst einmal, dass alle gesund und munter angekommen sind. Den Rückflug schaffen wir auch, da bin ich sicher! Heute ruhen wir aus, und morgen wollen wir das Land näher kennen lernen."

Die Schwalben suchten einen Pistazienbaum auf und schliefen ein.

Am frühen Morgen weckte Tschiri alle anderen. Sie putzten ihr Gefieder und flogen danach gemeinsam in die Stadt.

„Oh, das sieht ja ganz anders aus, als bei uns daheim", meinte Tschiri aufgeregt.

Und wirklich! Die Menschen hatten alle eine braune Hautfarbe. Überall herrschte ein beängstigendes Gedränge! Klapprige Autos fuhren umher und hupten. Auf dem Marktplatz priesen die Händler lautstark ihre Waren an: Perlenketten, Ledergürtel, Elfenbeinfiguren, Strohhüte und Weidenkörbe. Bettler saßen am Straßenrand.

Plötzlich bemerkten die Schwalben einen alten Mann mit einem langen, weißen Bart. Sicher war er schon weit über hundert Jahre alt, denn viele Falten zeichneten sein Gesicht. Er saß vor einer Hütte und war umringt von Kindern, die aufmerksam seinen Erzählungen lauschten. Auch die Schwalben hörten eine Weile zu, bis die Dunkelheit hereinbrach und wohltuende Stille sich über das weite Land senkte.

Die Vögel wählten diesmal einen alten Akazienbaum als Schlafplatz aus.

Als sich die Sonne wieder aus ihrem Bett erhob, begann die Stadt erneut zu atmen. Die Schwalben setzten ihren Flug in das Landesinnere fort und überquerten eine karge Steinwüste. Die Sonne brannte heiß. Ringsum schauten nur nackte Felsen aus der Einöde hervor. Wüstentiger, Schlangen und Skorpione wohnten hier.

Am Abend entdeckten die Vögel eine Oase und an ihrem Rand eine Felsspalte. Dort übernachteten sie heute, nachdem sie aus dem kleinen See getrunken hatten. Ganz dicht rückten Tschiri und ihre Geschwister zusammen, um sich in der kalten Wüstennacht gegenseitig zu wärmen.

Früh am nächsten Morgen flogen die Schwalben weiter und kamen an einen Strand, der weiß wie ein Bettlaken war. Dunkelhäutige Kinder buddelten im Sand, bauten Burgen und Türme. Einige Kinder hatten ihre Bauwerke aus Sand verlassen und waren ins Meer gegangen. Dort setzten sich einige Vögel auf die Türmchen und zeichneten mit den Krallen lustige Muster hinein. Als aber Händler am Strand erschienen und ihre Waren anboten, wurde es den Vögeln zu laut und sie flogen weiter.

Endlich erreichten die Schwalben ihr Winterquartier. Seltsam war es, dass es hier, statt kälter zu werden, von Tag zu Tag wärmer wurde.

Tschiri wollte es genau wissen und fragte den Vater, warum das so sei.

„Na, weil auf der südlichen Erdhalbkugel die Jahreszeiten genau umgekehrt sind. Wenn in Europa Herbst ist, ist in Südafrika Frühling."

„Au fein", freute sich das Schwalbenkind. „Dann wird es ja bald Sommer hier. Aber sag mal, Papi, sind wir die ganze Strecke nur geflogen, damit wir daheim nicht frieren müssen?"

„Nein, du neugieriges Mädchen, natürlich nicht, denn Wärme hätten wir auch in Scheunen und Ställen gefunden. Aber woher sollten wir wohl unser Futter bekommen? Im Winter fliegen doch keine Insekten, also wären wir daheim elend verhungert."

Tschiri nickte verstehend mit dem Kopf und schoss pfeilschnell davon. Sie hatte am Rand der Savanne eine Elefantenherde gesehen und wollte nun erkunden, was die Dickhäuter so alles trieben.

Es gab ja so viel zu entdecken in diesem geheimnisvollen Land: Löwen und Nashörner, Gnus, Zebras und Antilopen, Schakale, Hyänen und Flusspferde.

Einmal hatten die Jungvögel sogar einen Strauß beobachtet und hatten sich darüber gewundert, weil der Vogel schon so groß war und noch immer nicht fliegen konnte.

Die Jungvögel wuchsen in den nächsten Monaten zu erwachsenen Vögeln heran, und bald kam der Tag des Abschieds.

Ein wenig traurig waren die Schwalben schon, aber der Rückflug musste sein. Schließlich spürten sie auch ein wenig Heimweh. Tschiri dachte an den Bauernhof, in dessen Kuhstall ihre Eltern ein Nest besaßen. Sie freute sich schon auf das Fangen von Mücken und anderen Insekten. Und auf ihre Menschen dort freute sie sich auch.

So flog sie mit ihren Eltern, Geschwistern und den anderen Schwalben wieder über Rhodesien und Sambia. Sie übernachteten am Tanganjikasee, reisten weiter über den Sudan und ruhten sich vor dem Überqueren der Libyschen Wüste noch einmal aus.

Dann erblickten sie endlich das Mittelmeer und waren bald schon in Europa. Kräftig waren die Schwalben nun und hatten keine Mühe mehr, den Rest der Strecke, ohne Zwischenlandung zu schaffen.

„Tschiripp-tschiripp", riefen sie.

Der Bauer, die Bäuerin und ihre drei Kinder kamen aus dem Haus.

„Unsere Schwalben sind wieder da! Es wird Frühling!", sagte der Bauer. „Nun müssen wir den oberen Teil der Stalltür offen lassen, damit unsere Vögel ein und aus fliegen können. Schwalben im Stall bringen Glück."

Jana Heidler

Der Kobold im Auto

„Dein Auto klingt aber eigenartig", meinte Sarah nachdenklich.

„Ich weiß", entgegnete Nina kleinlaut und blickte kurz zum Beifahrersitz, auf dem ihre Freundin saß.

Der Kleinwagen stand an einer Ampel, welche bereits seit einer Weile ihr rotes Licht zeigte. Der Motor tuckerte vor sich hin und tourte immer wieder hoch, obwohl Nina ihren rechten Fuß fest auf der Bremse hatte und somit das Gaspedal nicht einmal berührte. Es klang, als könne sie nicht erwarten, dass die Signalanlage auf Grün schaltet. Alle anderen Verkehrsteilnehmer dachten mit Sicherheit, dass die Ungeduldige einen Schnellstart hinlegen würde. Das war allerdings ganz und gar nicht ihr Geschmack, war ihr sogar höchst peinlich. Sie mochte es eher entspannt und gemütlich, vor allem beim Autofahren.

„Ich war schon ein paar Mal in der Werkstatt mit dem Problem", fügte die Fahrerin hinzu: „Aber dadurch, dass das nicht immer passiert, lief dort natürlich alles rund. Die Mechaniker haben mich für verrückt erklärt." Sie machte eine kurze Pause, bevor sie betrübt weitersprach: „Ich brauche wohl nicht zu sagen, dass es wieder auftrat, als ich gerade die Werkstatt verlassen hatte."

„Vielleicht hast du ja einen Kobold im Auto", lachte Sarah und versuchte, ihre Freundin damit aufzumuntern, was ihr tatsächlich gelang.

Ninas Miene hellte sich auf, und sie stieg sofort in dieses Thema ein: „Ja, genau, ich habe einen Kobold im Auto, der sich um die ganze Technik kümmert und seinen Arbeitseifer manchmal etwas übertreibt."

Beide kicherten und malten sich aus, wie das Wesen unter der Motorhaube wohl aussehen würde. Dabei kamen wahrhaft kuriose Kreationen zustande: Große Nasen, riesige Ohren, lange Nagezähne, feine Finger und ein Fell, das dank des Motoröls stets perfekt frisiert sein würde. Bei dieser Vorstellung hatten die Frauen eine Menge Spaß.

Das ausgelassene Gelächter drang durch die Lüftungsschlitze, war auf diese Weise in dem ganzen PKW zu hören und wurde dort aufmerksam belauscht: Ein kleines, pelziges Wesen saß im Motorraum hinter dem Gaspedal, wo es sich häuslich eingerichtet hatte. Es lebte bereits eine ganze Weile da, denn hier war es warm und sicher. Der Platz war groß genug für es. Etwaige Fressfeinde konnten nicht eindringen. Sobald der Kraftwagen startete, zog es sich in einen geschützten Bereich zurück, bis der Motor wieder stillstand. Für das Geschöpf war das Automobil das perfekte Milieu.

Nina lebte eine Zeit mit dem Kobold in ihrem Wagen, den sie meinte, sich ausgedacht zu haben. Bei dem Gedanken musste sie jedes Mal lächeln. Doch die Schwierigkeiten mit ihrem Motor traten immer häufiger auf, sodass sie sich erneut in eine Werkstatt begab und auf eine ausgiebige Durchsicht bestand. Sie beobachtete, wie der Mechaniker förmlich das Innere nach außen kehrte, und sah mit eigenen Augen, was sie andernfalls niemals geglaubt hätte:

Der Handwerker war gerade an dem Bereich hinter dem Gaspedal angelangt, als er zurückschreckte. Zwei winzige, schwarze Knopfaugen schauten ängstlich heraus. Schnurrhaare zuckten nervös an einer langen Nase. Rundherum befand sich ein gemütliches Nest aus Blättern und Fellhaaren.

Ein solcher Anblick hatte sich dem erfahrenen KFZ-Profi noch nie geboten. Er benötigte fast eine Minute, bis er sich wieder gefasst hatte und sich mit einem ungläubigen Blick an Nina wandte: „Ich habe den Fehler gefunden. Sie haben ein Mäuseproblem."

Die junge Frau war zuerst reichlich verblüfft und dann sehr entzückt von dem niedlichen Nagetier. So ließ sie es sanft in ein Häuschen im Garten umziehen und hatte seither keine Schwierigkeiten mehr mit ihrem Kleinwagen.

Iris Fritzsche

Schlafstörung

Es war die Nachtigall
und nicht die Krähe,
die mich mit dem Gesang
ganz in der Nähe
und dann noch
mitten in der Nacht,
um meinen wohlverdienten
Schlaf gebracht.

Sina Blackwood

Bis aufs Blut

Der Schlag hatte gesessen! Allerdings anders, als es sich Norbert vorgestellt hatte und wie zum Hohn sirrte die Mücke weiter um seinen Kopf.

Norbert schaltete mit einem unterdrückten Stöhnen die Nachttischlampe an, um den entstandenen Schaden zu begutachten. Der Wecker lag in kleinen Stücken am anderen Ende des Schlafzimmers und die rechte Hand, die ihn und die Schrankecke touchierte, hatte sich mit leuchtend veilchenblauem Farbton geschmückt und nahm rasant an Umfang zu.

„Verdammtes Mistvieh", grummelte Norbert, wütend in die Runde schauend.

Er war schlicht zu müde, jetzt aufzustehen und die Hand zu kühlen. Einzig den Handyweckton richtete er noch ein, um bloß nicht zu verschlafen. Nach wenigen Augenblicken schaltete er das Licht wieder aus.

„Sssssssssssssssssssssss!"

„Dreckstück!" Norbert fuhr auf und fasste nach dem Schalter.

„Sssssssssssssssssssssss!", klang es prompt genau neben seinem Ohr, wobei der Ton immer höher und höhnischer zu werden schien.

Norbert fuchtelte wild mit der linken Hand, in der Hoffnung den Störenfried zu erlegen.

Pustekuchen!

„Sssssssssssssssssssssss!"

Das blutsaugende Insekt gaukelte fröhlich um die Lampe.

Rrrrrrrummmmmms! Der Lampenschirm folgte dem Wecker in die ewigen Jagdgründe. Zwar verteilte er sich auf dem Fußboden nicht so grandios wie der Wecker, wäre aber glatt als moderne Kunst durchgegangen, mit seinen Dellen und Bruchlinien.

Norbert schickte einen Fluch hinterher, der alles andere als stubenrein war.

Die Glühlampe hatte das Massaker überlebt und wurde im nächsten Moment wieder gelöscht. Sekunden später für alle Zeiten, als erneut ein lautes: „Ssssssssssssssssssssssss!", erklang.

Mit tiefen Schnittwunden in der linken Hand sprang Norbert auf, um wenigstens die Bettwäsche zu schonen. Jetzt, wo er sowieso schon stand, kühlte er auch gleich noch die geschwollene Rechte, nachdem er die linke Hand mit mehren Pflastern verziert hatte. Dann wickelte er ein feuchtes Handtuch darum, zog eine Plastiktüte darüber und schlurfte zu seinem Bett zurück.

Noch ein kurzer, äußerst finsterer Blick zu den Scherben auf dem Fußboden, und Norbert ließ sich auf die Matratze fallen, um endlich weiterzuschlafen. Dass er vergessen hatte, das Deckenlicht zu löschen, merkte er im Bruchteil einer Sekunde.

„Leckt mich sonst wo!"

Er quälte sich hoch, legte den Schalter um und … „Ssssssssssssssssssssss!"

Also völlig entnervt Licht wieder an, alle hellen Stellen abgesucht, nichts gefunden und rasch wieder ins Bett.

„Ssssssssssssssssssssss!"

Genau vor seiner Nase!

Norbert zerrte in einem Wutanfall das feuchte Handtuch herunter und begann wie ein Wahnsinniger um sich zu dreschen.

Pardauz! Das Handy schlug den gleichen Weg ein, wie Wecker und Lampenschirm kurz vorher. Krach! Ein Wandbild stürzte sich todesmutig hinters Bett. Klirr! Äh, das war dann wohl der große Blumentopf mit der Orchidee gewesen. Eine Pfütze Wasser, die noch drin gestanden hatte, legte jetzt einen leichten gelblichen Film auf das Weiß der Raufasertapete.

Norbert sah dunkelrot.

Mit Handtuch und Kopfkissen bewaffnet, ging er auf alles los, was auch nur entfernt an ein Insekt erinnerte und zerlegte in wenigen Augenblicken den Wandspiegel und eine Kommode. Völlig ausgepumpt und den Tränen nah, hockte er sich auf die Bettkante. Er wollte doch nichts weiter, als schlafen. Das Zimmer ähnelte einem Schlachtfeld, Blutspritzer zwischen Scherben und Trümmern.

Aus den Augenwinkeln nahm er einen winzigen Schatten auf seinem Kopfkissen wahr. Über das weiße Leinen kroch, flugunfähig, der Feind, wo ihn Norbert endlich mit seinem Pantoffel erlegte.

Die eine Hand in die Knopfleiste seiner Schlafzugjacke geschoben, in der anderen die tote Mücke, stolzierte er wie Napoleon Bonaparte durchs Zimmer, um plötzlich festzustellen, dass er diesen Sieg verdammt teuer erkauft hatte.

So schnippte er seinen besiegten Gegner aus dem Fenster, um bis zum Morgen zu grübeln, wie er seiner Frau, die Nachtschicht hatte, nur die Verwüstung erklären sollte.

Eine Verbannung nach Elba wäre wohl das Harmloseste, was ihm nun blühen würde.

Jacqueline Zöllner

Der Esel, der das *Ah* verlernte

Es war Heiligabend, als das Wunder geschah. Draußen war es dunkel und der Schnee fiel in dicken Flocken vom Himmel. In den Häusern der Menschen brannten die Kerzen an Lichterbögen und Christbäumen. Alle feierten Weihnachten und packten Geschenke aus. Nur die kleine Ella interessierte sich nicht für die vielen Päckchen unter dem Baum. Sie saß mit einer dicken Decke im Stall auf der Farm ihrer Eltern und wartete – wartete auf ihr ganz besonderes Weihnachtsgeschenk. Die Eselstute der Familie war trächtig und bekam heute ihr Fohlen. Vorfreude lag in der Luft. Während Ellas Mutter beruhigend auf die Eselin einsprach, kam der Vater mit drei dampfenden Tassen Tee zurück in den Stall und setzte sich neben seine Tochter.

Die Stunden vergingen, doch endlich war es soweit. Ein kleiner, wackliger Esel war geboren und wurde von seiner Mutter liebevoll trocken geleckt. Die Freude der Familie war riesig und besonders die kleine Ella schloss das Fohlen in ihr Herz. Es war wohl das schönste Geschenk, das sie mit ihren drei Jahren bisher bekommen hatte.

„Isel", rief sie begeistert und lachte. Das Mädchen hatte Probleme ein *E* auszusprechen, doch das war nicht weiter schlimm – sie würde es noch lernen. Dafür jedoch hatte der kleine Esel jetzt einen Namen: *Isel*.

Die Jahre flossen dahin. Ella wurde älter und auch Isel wuchs geborgen auf. Die beiden gingen fast jeden Tag ein kleines Stück spazieren oder spielten zusammen. Sie waren glücklich.

Doch eines Tages – Isel war jetzt zehn und Ella dreizehn – mussten die Eltern eine schwere Entscheidung treffen. Der Hof lohnte sich nicht mehr richtig, deshalb mussten sie einige der Tiere verkaufen. Unter anderem sollte auch Isel ein neues Zuhause bekommen.

Als Ella das hörte, fing sie an zu weinen. Sie verstand nicht, warum die Eltern ihr ausgerechnet Isel wegnehmen wollten. Sie wehrte sich, als Mutter sie in den Arm nehmen wollte und lief in den Stall zu ihrem Freund. Völlig aufgelöst erzählte sie ihm, was los war.

Isel bekam große Augen und machte „Ih-Ah". Auch er wollte nicht von hier weg. Er wollte Ella nicht verlassen. Sie war doch seine beste Freundin! Er musste sich etwas einfallen lassen ...

Und er hatte sich etwas einfallen lassen! Drei Tage, nachdem die Familie eine Anzeige – Esel zu verkaufen – aufgegeben hatte, kam der erste Interessent. Zusammen mit Ella und ihren Eltern ging der feine Herr im Anzug in den Stall, um Isel zu begutachten.

Isel machte: „Ihhhh."

Ella und der feine Herr im Anzug runzelten die Stirn. Die Eltern sahen sich verblüfft an.

Isel machte: „Ihhhh-Ihhhh."

Der feine Herr im Anzug begann, lauthals zu lachen. „Einen komischen Esel haben Sie da. Aber nehmen Sie es mir nicht über, ich werde ihn nicht kaufen. Der kann ja noch nicht einmal *Ah* sagen." Er verabschiedete sich von der Familie und ging.

Am nächsten Tag kam ein junges Ehepaar. Auch sie wollten sich den Esel ansehen.

Isel machte: „Ihhhh-Ihhhh. Ihhhh."

Wieder verwirrte Blicke von allen Beteiligten. Das junge Ehepaar schüttelte den Kopf und verließ die Farm wieder.

Niemand durchschaute Isels Plan. Nur Ella begann langsam zu schmunzeln. Ein Esel machte nicht *Ihhhh*, er müsste *Ih-Ah* sagen. Aber nein, Isel war eben schlauer. Er wusste, wie man Käufer abschreckte, denn auch den nächsten Interessenten ging es nicht besser. Auch sie bekamen immer nur „Ihhhh" zu hören.

Und so kam es schließlich, dass es Ellas Eltern aufgaben, nach einem Käufer für Isel zu suchen.

An Heiligabend nun, Isels elftem Geburtstag, verkündeten sie Ella ihre Entscheidung. Ihr Esel durfte bleiben – für immer. Sofort rannte Ella in den Stall zu ihrem grauen Freund und umarmte ihn freudig.

„Du darfst bei mir bleiben, Isel", sagte sie aufgeregt.

„Ihhhh", war die Antwort.

Moment, eigentlich wollte Isel doch „Ih-Ah" machen … Er versuchte es noch einmal: „Ihhhh. Ihhhh."

„Ist ja gut, Isel", rief Ella lachend.

Isel schnaubte. Das *Ah* hatte er vom vielen *Ihhhh*-sagen wohl verlernt, doch das machte nichts. Ella hatte ihn ja trotzdem gern.

Und so kam es, dass Ella und der Esel namens Isel, der das *Ah* verlernt hatte, zusammen noch viele glückliche Jahre erleben durften.

Karin Geyer

Mein rothaariger Freund

Fast geräuschlos glitt der letzte Nachtzug aus der Halle. Der Bahnsteig war leer, bis auf einen einzelnen Mann. Er hatte sich eine Zigarette angezündet und starrte dem Zug nach, dessen rote Schlusslichter rasch kleiner wurden. Das war er nun, der hoffentlich letzte und endgültige Abschied von Ulla, einer langbeinigen, aufreizenden Schönheit. Robert hatte den Entschluss gefasst, diese zweijährige Liaison zu beenden. Ulla ließ sich nicht ausreden, dass eine andere Frau hinter seiner Entscheidung steckte. Das Akzeptieren einer vermeintlichen Konkurrentin war für sie offenbar leichter zu verkraften, als das Eingeständnis, mehr und mehr zu einem unnützen, nervenaufreibenden Luxusgegenstand geworden zu sein. Ganz schuldlos war auch er nicht an dieser Entwicklung. Schmeichelte es doch seiner Männlichkeit, so ein auffallendes Geschöpf neben sich zu haben. Dass dieses Hobby teuer war, konnte jeder unschwer erkennen. Oh ja, effektvolle Auftritte gehörten zu Ullas Repertoire. Aber Robert hatte keine Lust mehr, seine ihm zugedachte Rolle weiter zu spielen. Er wünschte sich nichts sehnlicher, als dass sie nie wieder an ihn denken möge. Und vor allem, dass sie nie wieder anrufen möge, um ihn abermals herumzukriegen.

Geräuschlos wie der Nachtzug verließ auch der schlanke Mittdreißiger den Bahnhof. Draußen ging ein feiner Nieselregen nieder. Die Straßenbeleuchtung malte helle Lichtflecke auf den feuchten Asphalt. In Gedanken lag er bereits in der Badewanne und genoss seinen Samstagabend endlich allein. An seine *blonde Seifenoper* wollte er nicht mehr erinnert werden. Er musste nur noch an der langen Hecke vorbei und dort stand schon der Audi, den er sich auch auf Ullas Drängen hin zugelegt hatte.

„Miau!"

Was war das? Das klang aber erbärmlich.

„Miau-hau!" Ein kleines, triefnasses Fellbündel wankte aus der Hecke.

Ausgesetzt, einfach ausgesetzt auf einem Parkplatz, durchfuhr es Robert ganz heiß. Er begann zu laufen. Er wollte nicht den guten Samariter spielen. Nein, bloß das nicht. Er rannte beinahe bis zum Auto, stieg hastig ein und fuhr los. Beim Einbiegen in die Straße sah er das kleine, nasse Etwas im Lichtkegel der Lampe auf dem Gehsteig hocken. Es sah so unglaublich trostlos aus.

„O Mann, wieso gerade ich? Wieso bin ich nicht so hart, wie ich immer tue." Bremsen, Rückwärtsgang.

„Wie soll ich dich denn anfassen und was bist du überhaupt?"

„Miau!", machte das kleine Bündel.

„Hallo Miau, du hast dir ja unpassendes Wetter für deinen Abendspaziergang ausgesucht." Behutsam nahm er das kleine, feuchte Ding hoch und steckte es kurzerhand durch den Halsausschnitt in sein T-Shirt. „Hu-ha-ho", so nass und glitschig hatte er sich die Sache nicht vorgestellt. Er stieg wieder in den Wagen und fuhr weiter. Das kleine Pelzding wehrte sich nicht. Es rollte sich so lange in Positur, bis es bequem an Roberts warmem Bauch über dem Hosenbund lang ausgestreckt liegen konnte.

Wohlig begann das Etwas zu schnurren, und für den erfolgreichen Architekten war das eine unerwartete Massage, die er gerade jetzt bei seinem nervösen Magen nötig hatte. Und siehe da, das Brennen und Drücken ließ nach. *Also gut, nur diese eine Nacht und morgen gleich ins Tierheim*, dachte er.

Zu Hause angekommen, fischte er den kleinen, völlig übermüdeten Gast aus dem T-Shirt und setzte ihn in eine Wolldecke. Das Fell war getrocknet. Nach einem neugierigen Blick unter den Schwanz war sein Fund identifiziert:

Ein junger Kater, bildschön und rot getigert. Katzen sind zäh, hatte er irgendwo gelesen.

Bevor Robert in der Badewanne verschwand, stellte er noch ein Schälchen Milch auf den Fußboden.

In dieser Nacht lag der gut aussehende Junggeselle nicht lange allein in seinem Bett. Leise sprang der Kater zu ihm hinauf und balancierte seinem Retter ganz behutsam über die Füße, die Beine hinauf bis zur Brust. Dort angekommen, schnupperte er, legte sich lang und begann zu schnurren. Sanfte Vibrationen durchliefen Roberts Körper.

Eine Bioresonanztherapie könnte nicht besser sein, nur teurer, waren seine letzten Überlegungen, bevor beide einschliefen.

Am nächsten Morgen klingelte ganz zeitig das Telefon. Natürlich – Ulla wollte es genau wissen. „Na, hat deine neue Flamme schon bei dir übernachtet? Ist sie blond?", fragte sie mit einem hässlichen, nur allzu bekannten Unterton.

Robert bemühte sich, zerknirscht zu klingen: „Ulla, du hast mich erwischt. Jetzt kann ich es dir ja sagen, jetzt, da zwischen uns endgültig Schluss ist. Ich bin tatsächlich nicht allein. Sie ist nicht blond, wie du vermutest, sondern rothaarig. Und ich muss dir noch etwas gestehen, damit du weißt, dass du keine Chancen mehr hast. Es ist keine Sie, sondern ein Er."

Schweigen in der Leitung. Robert grinste in sich hinein. Bemüht, ernst zu sein, setzte er hinzu: „Ich habe ihn gestern Nacht kennengelernt, auf dem Weg zum Parkplatz, und stell dir vor, heute Morgen haben wir beschlossen, zusammen zu bleiben. Du wirst es kaum glauben, aber ich habe mich Hals über Kopf in ihn verliebt".

„Du mieses Schwein", schrie Ulla am anderen Ende der Leitung, bevor sie angewidert den Hörer auflegte.

Robert lachte schallend auf und streichelte ganz liebevoll seinen rothaarigen Freund, mit dem er tatsächlich die nächsten Jahre verbringen wollte.

Sina Blackwood

Die Viecher sind schuld!

Die Sonne scheint mir ins Gesicht, überall ist friedliche Stille, kurz, ein Tag zum Wohlfühlen, wäre da nicht die komische Jacke mit den überlangen Ärmeln, in der ich stecke. Sie fragen, warum? Alles wegen der blöden Viecher!

Es begann damit, dass sich meine Frau einen blauen Nerz wünschte. Schon das Begehren allein verwunderte mich, aber, dass er auch noch blau sein sollte…

Um sie zu überraschen, holte ich die Handwerker, als sie mit ihrer Freundin eine Woche im Urlaub war. Ich ließ einen riesigen Käfig bauen und mit allem ausstatten, was so ein Tierchen zum Wohlbehagen braucht.

Es gab Baumstämme zum Herumturnen, Bademöglichkeiten und verschiedene Verstecke, je nach Laune des Nerzes. Schon das kostete mich ein kleines Vermögen. Dann ging ich auf die Jagd nach einem blauen Nerz.

Nein! Nicht, was Sie denken! Ich recherchierte im Internet nach Züchtern, fand unzählige gruselige Berichte über Massenhaltung und grausame Tötungsmethoden bei der Pelzgewinnung und freute mich, wie gut es der Kleine bei uns haben würde.

Na gut, ich gebe ja zu, dass mich die plötzliche Tierliebe meiner Frau etwas wunderte. Schließlich fand ich doch noch einen Züchter für blaue Nerze.

Auf meine Bitte, nach einem möglichst kornblumenblauen Tier, weil das die Lieblingsfarbe meiner Frau ist, fragte er mich, ob ich zu tief in die bewusste Flasche geschaut hätte. Ich konnte seinem Wortspiel nicht ganz folgen und muss wohl ziemlich dämlich aus der Wäsche geschaut haben.

Nach einer heißen Diskussion, die ich auch nur zur Hälfte begriff, führte er mich völlig entnervt zu seinen Käfigen, um mir den Farbschlag der Felle an lebenden Objekten zu demonstrieren.

Womöglich ist ja mein Farbempfinden etwas gestört, ich konnte jedenfalls keine Spur von Blau entdecken. Der gute Mann hätte mich wohl auch lieber erwürgt, als mir eines seiner Tiere zu verkaufen. Er rückte es jedenfalls erst heraus, als ich ihm die Bilder des neu gebauten Nerz-Domizils zeigte.

Einen ähnlich mörderischen Blick, wie ihn mir der Züchter zugeworfen hatte, bekam ich an jenem Tag, als meine Frau aus dem Urlaub zurückkam. Dabei hatte ich mir solche Mühe gegeben, den Nerz auf ihr Lieblingsblau umzufärben.

Ganze Tüten Lebensmittelfarbe schüttete ich in das Badewasser des Tierchens. Es hat nichts genutzt, schon der erste Regen spülte den Pelz wieder auf diesen eigenartigen Grauton, den ich mich weigerte, als Blau zu bezeichnen.

Meine Frau stand einfach nur da, starrte den Nerz und anschließend mich an. Wären ihre Blicke Messer gewesen, dann hätte ich wohl in einer Blutlache gelegen.

Ein paar Tage später holte der ehemalige Besitzer das Tier wieder ab. Das breite gönnerhafte Grinsen für einen kleinen Idioten sehe ich noch heute vor mir. Dass ich vermutlich einen Denkfehler gemacht hatte, merkte ich am neuen Mantel meiner Frau. Der sah nämlich genau so aus wie das Fell meines kurzzeitigen Pfleglings.

„Das ist ein gerupfter blauer Nerz", sagte sie mit Nachdruck und ließ mich einfach stehen.

Hä? Wie jetzt? Bisher hatte ich nur von gerupften Gänsen gehört und zitterte davor, dass sie sich auch noch mit fremden Federn schmücken wollte, nachdem den süßen Nerzen das Fell über die Ohren gezogen worden war, nur damit sie einen neuen Mantel tragen konnte. Nach dem Preis hatte ich vorsichtshalber gar nicht gefragt.

Monate später, meine Frau hatte sich inzwischen wieder

beruhigt, bestürmte sie mich mit dem Wunsch, einen Jaguar haben zu wollen. Diesmal versuchte ich, alles richtig zu machen.

Sie nahm mich schließlich sogar auf eine Probefahrt mit. Ich hockte auf dem bequemen Ledersitz wie ein Verdammter im Fegefeuer und versuchte, mit den Augen die kleine Figur auf der Motorhaube zu fixieren, damit sich der Brechreiz in Grenzen hielt.

Ich hätte nicht einmal sagen können, ob das am Fahrstil meiner Frau lag oder eher daran, dass sie mich permanent zutextete, wovon mir der Schädel schwirrte.

Schon, als sie den Motor anließ, hörte ich sie verzückt flüstern: „Hörst du, wie er schnurrt?"

Auf der Hochgeschwindigkeitsteststrecke jauchzte sie: „Jetzt lässt er all seine Muskeln spielen! Ist das nicht wundervoll?"

„Hm", machte ich.

Beim Aussteigen ließ sie ihre Fingerspitzen über das silberfarbene Figürchen gleiten. „Genau so einen will ich haben."

Ich atmete auf. Die ganze Zeit hatte ich befürchtet, sie würde das lebende Tier haben wollen. Zwar bin ich keine geistige Leuchte, aber, dass es das Auto auch als Raubkatze gibt, weiß sogar ich.

Drei Tage später überreichte ich ihr freudestrahlend das schön verpackte Geschenk. Es war nicht ganz leicht und auch nicht gerade preiswert gewesen, die Kühlerfigur aufzutreiben. Meine Gattin zog die Schleife auf, hob den Deckel der Schachtel an, dann ging in ihrem Gesicht die Sonne auf. „Oh, Schatz! Du bist so süß!"

Ha! Wusste ich doch, dass ich diesmal richtig lag!

Da fragte sie auch schon, aus dem Fenster spähend: „Und wo steckt der Rest?"

Mir entgleisten die Gesichtszüge. „Wie? Was? Welcher Rest?"

„Na der große Schwarze, um den es eigentlich geht."

„Ach, den willst auch?", entfuhr es mir völlig verdattert.

„Ja, natürlich! Was soll ich mit diesem Ding hier?"

Völlig zerknirscht begann ich meine Frau zu befragen. „Du willst also tatsächlich den, der schnurrt und seine Muskeln spielen lässt?"

„Selbstverständlich! Und denk daran! Er soll schwarz sein! Ich erwarte ihn in ein paar Tagen in meiner Garage!"

„Bist du ganz sicher, dass du genau den haben möchtest? Kann es nicht auch ein anderer Farbschlag sein?"

„Schwarz, schwarz, schwarz!" Meine Frau drehte mich an den Schultern herum und schob mich aus dem Zimmer.

Ich raufte mir die Haare. Wo und wie sollte ich so schnell fündig werden? Ausgerechnet die schwarze Variante war extrem selten. Zumindest fand ich es erst einmal gut, dass sie ihre Garage zur Verfügung stellte. Der Nerz-Käfig wäre für den Jaguar bestimmt nicht ausbruchsicherer gewesen.

Nach mehreren schlaflosen Nächten und mit dem Wissen, dass die Frist langsam ablief, die mir meine Gattin gewährt hatte, flog ich schließlich nach Südamerika, um selber nach dem Objekt ihrer Begierde zu suchen.

Es war grauenvoll! Der ganze Urwald schien ausschließlich von winzigen Blutsaugern bevölkert zu sein. Schon am ersten Tag zerstachen mich die Moskitos, bis ich kaum noch aus den Augen gucken konnte. Ein paar Eingeborene trugen mich schließlich halbtot auf einer Art Bahre zu ihrem Dorfältesten, dem ich meine Not schilderte, natürlich auch die Sache mit dem Nerz.

Der Alte schien sich plötzlich verschluckt zu haben. Jedenfalls traten ihm Tränen in die Augen, er japste nach Luft und presste eine Hand auf seinen Mund. Dann rannte er aus der Hütte. Augenblicke später drang wieherndes Lachen aus unzähligen Männerkehlen an mein Ohr.

Keine Ahnung, was man dortzulande an einem Erstickungsanfall so lustig findet. Als sich der Älteste wieder erholt hatte, versprach er, mir zu helfen. Ich sollte inzwischen heim fliegen und auf die Ankunft des Jaguars warten.

Zwei Tage nach meiner Rückkehr traf er tatsächlich bei mir zu Hause ein. Der Spediteur, der ihn brachte, war ziemlich hässlich. Er hatte eine rote Knollennase, orangefarbene Haare, einen geradezu riesigen Mund und schien frisch eine Schlägerei hinter sich zu haben. Zumindest war die Haut um beide Augen auffallend veilchenblau.

Sein Beifahrer kam mir auch irgendwie komisch vor. Er schien, dem Aussehen nach, der Bruder des anderen zu sein. Einziger Unterschied waren die riesigen Schuhe, mit denen er sicher nicht selber Auto fahren konnte. Arme Kerle!

Sie brachten den Transportkäfig mit einem Gabelstapler in die Garage. Ich quittierte die Lieferung, erhielt eine schriftliche Pflegeanleitung und schon waren sie vom Hof. Spät abends kam meine Frau vom Stadtbummel zurück.

„Hier stinkt es", sagte sie kurz und schaute mich prüfend an.

Ich roch an meinem Pullover. „Kann schon sein, ich habe mich vorhin in der Garage mit deinem Jaguar beschäftigt."

Sie bekam große Augen. „Du hast ihn schon da? Wie liegt er im Verbrauch?"

Ich zückte meinen Zettel. „Vierzig Kilo die Woche und mehrere Liter Wasser am Tag."

Meiner Frau entgleisten die Gesichtszüge. Sie rannte zur Garage. Ein paar Minuten später kam sie wieder und verpasste mir ein Veilchen, mit dem ich glatt als dritter Bruder

der Spediteure durchgegangen wäre, die, wie sie mir giftig erklärte, die beiden Clowns eines Wanderzirkus waren. Na ja, jetzt wo sie es sagte ...

Vier Tage später, der Zirkus hatte seine Raubkatze wieder abgeholt und mir eine fünfstellige Rechnung dagelassen, fuhr meine Frau mit ihrem neuen Auto vor.

Mir graute jetzt schon vor ihrem Geburtstag und sämtlichen Wünschen, die sie dafür äußern würde. Es dauerte auch nicht lange, da brachte sie mir diesen Tag ins Gedächtnis.

„Möchtest du etwas Bestimmtes?", fragte ich vorsichtig.

Sie legte einen Katalog mit Bekleidung und Accessoires auf den Tisch. „Schenk mir einfach so was hier."

Entsetzt starrte ich sie an. „Du willst ein Krokodil?!"

Zuerst atmete meine Frau tief durch, dann lächelte sie milde. „Ich gehe jetzt meinen Pfau füttern und morgen reden wir weiter."

„Soll ich dich zum Tierpark fahren?", fragte ich mit großen Augen.

Sie lachte hellauf. „Schatz, du bist so herrlich naiv." Mit einem koketten Hüftschwung, eine zarte Duftfahne ihres sündhaft teuren Parfüms hinterlassend, schwebte sie aus der Tür.

Wenigstens wollte sie das Federvieh nur füttern und nicht rupfen. Mich zerfraß trotzdem die Neugier. Nach den Viechereien, die voll in die Hose gegangen waren, interessierte es mich brennend, wo sie den Vogel untergebracht hatte.

Also folgte ich kurzerhand ihrem Wagen mit dem Motorrad. Vor einer riesigen Villa hielt sie an, schaute sich kurz um, ehe sie gezielt die Treppe hinauf schritt. Leider konnte ich nicht sehen, wer die Tür öffnete. Obwohl es bereits dämmerte, kam mir die Stille hier etwas verdächtig vor.

Pfauen sind ja dafür bekannt, einen weithin hörbaren Ruf

auszustoßen. Das wollte ich nun etwas genauer wissen. Auf Zehenspitzen schlich ich um das Haus. Irgendwo im ersten Stock brannte ein flackerndes Licht. Vielleicht wurden dort nachts die Tiere untergebracht, damit sie der Fuchs nicht holte?

Flugs kletterte ich auf einen Baum, um einen Blick durch das Fenster zu werfen. Was ich vor die Augen bekam, schockierte mich zutiefst. Meine Frau vergnügte sich nackt in eindeutiger Pose mit einem Mann. Irgendwie hatte das schon was mit Vögeln zu tun, nur nicht mit solchen, die Flügel haben. Verblüfft schaute ich dem äußerst kreativen Treiben der beiden zu, wobei ich völlig die Zeit vergaß.

Dann traf mich das erste Mal im Leben der Schock einer Erkenntnis – meine Frau hatte die Kamasutra-Stellung *Den Pfau füttern* gemeint.

Wild entschlossen, dem Spuk ein jähes Ende zu machen, sprang ich mit einem irren Schrei vom Baum, dessen Höhe ich im Wahn völlig unterschätzt hatte.

Mein Kampfgebrüll ging nahtlos in Schmerzgewimmer über. Aufgeschreckte Nachbarn holten einen Krankenwagen.

Seitdem bin ich hier, stecke in dieser seltsamen Jacke und sehe Viecher am liebsten gebraten auf meinem Teller.

Iris Fritzsche

Der Pfau

Ahhh ... ja ... schaut mich nur alle an! Bin ich nicht schön? Ich bin der Schönste hier! Pah. Viel zu schön bin ich, für das dumme Hühnervolk, mit dem ich hier zusammenleben muss. Ich bin der König des Hofes! Na gut, mittlerweile bin ich ein wenig in die Jahre gekommen. Aber was habe ich nicht alles erlebt. Wollt ihr es wissen? Ach was, ich erzähle es einfach.

Geschlüpft bin ich zusammen mit fünf Geschwistern. Wo? Auf einem Bauernhof irgendwo weit weg von hier. Eines Tages, ich war so knapp ein Jahr alt, kam ein Mensch und holte mich von dort weg. Er brachte mich genau hier her. Ich war ein *Geburtstagsgeschenk*. Dabei hatte ich doch gar keinen Geburtstag.

Aber vermutlich war mit dem Geburtstag auch der ältere Mensch gemeint, der mich freudestrahlend in die Hand nahm. Mir hat das gar nicht gefallen. Weshalb ich auch versuchte, ihn mit dem Schnabel zu hacken und mich mit Flügelschlägen zu befreien. Doch der Mensch, es war ein MANN, lachte nur darüber.

Stolz trug er mich hinüber auf seinen Hof. Dort wohnten schon mehrere Hühner. Mit denen sollte ich also ab sofort zusammen leben. Ph, diese dummen Tiere, sie waren mehr am täglichen Futter interessiert als an mir. Dabei war ich doch schon ein recht ansehnlicher junger Pfauenhahn!

Na gut, noch im Teenager-Alter. Aber was man mit einer Henne machen konnte, wusste ich schon! Hab es auch gleich ausprobiert. Na, das war ein Gekreische. Gackernd liefen sie in alle Richtungen auseinander. Dabei wollte ich doch nur ein bisschen Spaß machen. Von dem Tage an machten die Hennen immer einen großen Bogen, wenn ich auch nur in ihre Nähe kam.

Na gut, suchte ich mir eben eine andere Beschäftigung! Als Erstes inspizierte ich die Bäume im Garten. Mehrere von ihnen schienen mir als Schlafbaum geeignet. Doch leider klappte es anfangs noch nicht so recht mit dem Fliegen. Das war die Zeit, wo ich noch mit den Hühnern zusammen in einer Hütte schlafen musste.

Weil sie aber nicht mit mir zusammen schlafen wollten, einigten wir uns auf verschiedene Ecken der Hütte. Sie alle zusammen in der einen, ich so weit weg von ihnen wie möglich in einer anderen.

Schon zu jener Zeit achtete ich aber sehr auf mein Gefieder. Jeden Morgen putzte ich es ausgiebig, jede Feder einzeln, ganz akribisch. (Schönes Wort, nicht war? Habe ich von meinem Menschen gelernt.) Danach stolzierte ich über den Hof, pickte meine Frühstückskörner und guckte, womit ich mich tagsüber so beschäftigen könnte.

Ich übte auch jeden Tag fliegen. Und es dauerte auch gar nicht lange, da schaffte ich es bis hinauf zum Fensterbrett. Ich wollte eben wissen, was dahinter war. An jenem Tag schien kräftig die Sonne. Ich saß auf dem Fensterbrett und wollte durch das glänzende Ding namens SCHEIBE hindurch sehen. Doch weil die Sonne so blendete, gelang es mir nicht.

Dafür sah ich etwas anderes, einen Pfau! Der sah mir verdammt ähnlich. Was, noch einer von meiner Sorte hier auf dem Hof? Den hatte ich doch noch nie gesehen.

Das ist mein Hof! Scher dich weg! Wenn du nicht freiwillig gehst, muss ich dich eben verjagen. Was? Aufplustern kannst du dich auch? Na gut, dann hacke ich eben mit dem Schnabel!

Au, was war denn das? Ein Pfau jedenfalls nicht. Es war dieses glänzende Ding hinter dem Fensterbrett. Ich hackte noch ein paar Mal dagegen, um mich zu vergewissern, dass dort wirklich kein Konkurrent saß.

Plötzlich öffnete sich die Scheibe und der Mann grinste mich amüsiert an. Erschrocken flatterte ich zurück auf den

Boden. Diese Sache wollte erneut überdacht werden. Nach einiger Zeit, und noch mehreren Flügen auf das Fensterbrett, kam ich dahinter. Diese Scheibe war so ein Ding, in dem ich mich selbst sah. Na, das war ja interessant!

Nun flog ich öfters dort hinauf. Ich stolzierte, sehr zum Spaß des Mannes, auf und ab und bewunderte mich selbst. Was hatte ich doch für ein schönes Gefieder! Viel schöner als das der ollen Hennen. Das musste hinaus, in die Welt gerufen werde. Über mehrere Etappen schaffte ich es bis auf das Dach. Ich reckte meinen Hals und posaunte meine neue Weisheit in die Welt hinaus. Und weil die Welt nicht gleich zuhören wollte, tat ich es oft und stimmgewaltig.

Als Erstes antworteten die Hähne von den Nachbarhöfen. Doch ich konnte lauter!

Allerdings merkte ich bald, dass dieses meinem Menschen nicht so recht gefiel. Mit den Worten: „Halt den Schnabel, du Schreihals!", jagte er mich vom Dach.

Da ich aber wusste, was für ein hübscher Kerl ich war, ließ ich mich davon nur wenig beeindrucken. Durfte ich nicht auf dieses Dach, so suchte ich mir halt ein anderes.

Auch zu den Hennen der anderen Höfe nahm ich Kontakt auf. Aber auch das wurde nichts Rechtes. Es gab zu viele eifersüchtige Hähne! Auch war mein Gesang nicht so beliebt, wie ich es mir gewünscht hätte.

Beschäftigte ich mich eben weiter mit intensiver Gefiederpflege. Das schien sich mehr auszuzahlen. Die Federn wurden immer länger und auch bunter. Auch konnte man damit besser fliegen. Jetzt konnte ich endlich auf einen der Bäume fliegen, um dort zu schlafen.

Doch euch Menschen kann man es ja nie recht machen. Mein Gesang ist euch zu laut, meine Schlafbäume zu hoch und meine Annäherungsversuche an euer Hühnervolk zu frech.

Ich ging also dazu über, im gesamten Ort Spaziergänge zu machen. Ich sang mal hier, mal da, flog auf so manchen Baum und blieb auch mitunter über Nacht weg.

Aber auch dieses missfiel meinem Menschen. Deshalb ließ er sich eine neue Gemeinheit einfallen. Er sperrte mich zusammen mit den Hühnern in einen riesengroßen Käfig! Der stand zwar draußen im Freien, aber er war ringsherum zu, wie ich betrübt feststellen musste.

Keine Ausflüge mehr auf die Dächer, keine Schlafbäume, keine Spaziergänge durch den Ort! Welch eine traurige Zeit brach an. Nur singen ging noch. Aber wer kann schon immer singen.

Mittlerweile war ich schon fast fünf Jahre auf dem Hof. Groß war ich geworden. Und wunderschöne lange Federn hatte ich bekommen. Wenn ich vor den Hennen angeben wollte, konnte ich sie sogar in einem Kreis aufrichten. Ein Rad schlagen, nannte es mein Mensch. Na ja, wenigstens etwas, was ihm an mir gefiel.

Dumm nur, dass sie jedes Jahr herausfielen und erst im nächsten Jahr nachwuchsen. Doch von Jahr zu Jahr wurden sie schöner.

Eines Tages kam mein Mensch auf die Idee, dass ich selber Geld für meinen Unterhalt verdienen könnte. Geld verdienen? Das machten doch die Hühner mit ihren Eiern. Ich kann doch keine Eier legen.

Er aber hatte etwas ganz anderes im Sinn. Er nahm meine herausgefallenen bunten Federn, trug sie fort und bekam Geld für sie. Wer hätte das gedacht!

Doch die Zeiten ändern sich. Jetzt bin ich schon in die reiferen Jahre gekommen. Mein Mensch ist gestorben, sein Sohn lebt jetzt hier. Er gibt mir jetzt mein Futter. Meine Federn bringen kein Geld mehr, also kann ich sie behalten. Nur ab und zu kommen mal Leute hier vorbei, denen ich

zeigen kann, was für ein schmucker Kerl ich bin.
Na ja, man wird ja wohl ein bisschen eitel sein dürfen.

Nancy Meissner

Hunde-Elend

Freudig wedelte der kleine Welpe mit dem Schwanz.
Das Frauchen drückte und herzte
den kleinen Hund.
Sie nahm ihm mit nach Hause.
Schenkte ihm ein sicheres Heim.
Der Welpe bekam alles, was er brauchte
und noch viel mehr.
Spielzeug, gutes Fressen
und viele Streicheleinheiten.
Doch der Welpe blieb nicht immer klein.
Er wuchs heran, zu einem stolzen Hund.
Das kuschelige Babyfell wich
dem richtigen Hundefell.
Dem Frauchen gefiel das gar nicht.
Vorbei war es mit der Liebe
und der Zeit für das Tier.
Die Gassirunden wurden immer kürzer.
Bald schon kam das Tier gar nicht mehr hinaus.
Futter gab es nur, wenn er ein braver Hund war.
Das Spielzeug war kaputt
und es gab kein neues.
Streicheleinheiten wurden gegen
Schläge getauscht.
Wollte der Hund kuscheln,
gab sein Frauchen ihm nur einen Tritt.
Hundeelend ging es dem Tier,
doch sein Frauchen sah es einfach nicht.
Sie wollte es nicht sehen.
Der süße Welpe war er ja nicht mehr.
Herzlos ließ sie den armen Hund verkümmern.
Ein Hundeleben in Elend.
Eine arme Seele ohne Hoffnung auf Rettung ...

Die Autos rasten an ihr vorbei.
Das Tempo drosselte niemand.
Nicht ein einziges Auto schien halten zu wollen.
Niemand der sich erbarmen konnte,
sie mitzunehmen.
Das Halsband schien sich,
immer enger zu ziehen.
Die Leine wollte sich nicht lösen.
Seit Stunden saß die Hündin
nun schon im Regen.
Angebunden, ohne Chance flüchten zu können.
Ein Pfahl am Rand der Autobahn.
Herrchen schien das,
als guten Platz für sie zu sehen.
Er band seine Hündin an,
um dann zu verschwinden.
Nicht ein Mal hatte er sich umgedreht.
Nicht einen Blick hatte er ihr mehr geschenkt.
Sie dachte, er käme zurück.
*Vielleicht geht er nur einkaufen
und holt mich dann ab.*
Doch die Zeit verstrich
und ihr Herrchen ließ sich nicht blicken.
Hat er mich vergessen, dachte die Hündin.
*Ich muss hier weg! Ich will doch nach Hause!
Herrchen wartet sicher schon auf mich.
Hält bestimmt ein Leckerli bereit,
wenn ich komme.*
Die Hündin kämpfte.

Sie zog so fest, sie nur konnte.
Sie schaffte es, sich zu befreien.
Aus ihrem Halsband geschlüpft,
fing sie an zu laufen.
Immer schneller, immer eiliger.
Nach Hause, schnell nach Hause!
Das war alles, was sie wollte.
Dann spürte sie einen dumpfen Aufprall.
Unerwartet und ganz plötzlich.
Nun spürte sie nichts mehr.
Keine Eile, kein Heimweh und keinen Schmerz.
Die Hündin wurde von einem Auto erfasst.
Die Autobahn war für sie kein sicherer Platz.
Ihr Herrchen ahnte davon nichts.
Er ging davon aus,
dass sie jemand mitnehmen würde.
Er selbst wollte das Tier nicht mehr
und hatte es ausgesetzt.
Zuerst das Ungewisse und dann der Tod.
Ihm war es egal,
denn es war schon ein neuer Hund für ihn da …

~~~~~~~~~~~~~~~~~~~~~~~~~~~~

„Ja, lauf mein Guter! Lauf!",
feuerte sein Herrchen ihn an.
Der Windhund lief, so schnell er konnte.
Herrchen sollte schließlich stolz auf ihn sein.
Als Erster ins Ziel,
noch vor den anderen Hunden.
Der Windhund wusste, dass es das war,

was sein Herrchen von ihm erwartete.
Oft schon hatte er es geschafft.
Fast immer hatte er gesiegt.
Für jeden Sieg gab es extra viel Futter.
Die Freude die Herrchen dann ausstrahlte,
begeisterte den Hund immer wieder.
Doch er hasste es, zu verlieren!
Verlor er das Rennen, so musste er leiden.
Nein, nicht das Herrchen, sondern der Hund!
Bei jeder Niederlage bekam der Hund Schläge.
Zunächst hatte er versucht, sich zu wehren.
Doch gegen sein Herrchen
hatte er keine Chance.
Das Herrchen griff immer zu einem Knüppel.
Er schlug zu und das nicht nur mit halber Kraft.
Erst wenn der Hund sich nicht mehr rührte, hörte er auf.
Winselnd zog sich das Tier
nach dem Prügeln zurück.
Leckte sich wimmernd seine Wunden.
Schlief mehr als sonst,
um wieder auf die Beine zu kommen.
Fit werden war sehr wichtig,
denn das nächste Rennen würde folgen.
Das Rennen, es folgte tatsächlich.
Doch der Windhund verlor.
Es war das dritte Rennen in Folge,
als Herrchen endgültig die Geduld verlor.
Direkt nach dem Rennen,
kam der Windhund an einen Strick.
Wie eine Ziege zog er den Hund hinter sich her.
Hinaus in den Wald, wo niemand sie sah.
Dort zog er den Strick noch enger

um des Hundes Hals.
Das andere Ende warf er über den Ast
eines großen Baumes.
„Du bist ein Nichtsnutz! Ich brauche dich nicht mehr",
sagte er zu seinem Tier.
Der Windhund schaute ihn
aus großen Augen an.
Augen, die unerbittliche Treue
zum Herrchen ausstrahlten.
Eine Treue, die auch nicht verloren ging,
als das Herrchen seinem Hund
den Tod bescherte.
Als er an dem Seil zog
und sein *nichtsnutziges* Tier erhängte …

Jana Heidler

Finn

Mit dieser Geschichte möchte ich Finn vorstellen. Finn hat sich uns herausgesucht, um bei uns zu leben. Und mit *uns* meine ich nicht *uns* als Paar oder Familie, sondern *uns* als Hausgemeinschaft, inklusive Nachbarschaft, sowie Gäste und Handwerker, die länger als eine Stunde anwesend sind.

In einem sind wir uns alle einig: Finn ist eindeutig der niedlichste Kater, den es jemals gegeben hat. Eigentlich sind wir permanent damit beschäftigt, für den kleinen Mitbewohner da zu sein, denn Finn kann nicht alleine sein. Er braucht immer jemanden in seiner Nähe und er weicht diesem nicht von der Seite. Er weiß genau, wo es etwas zu futtern gibt – bevorzugt Milchprodukte aller Art (Käse, Joghurt, Butter und sogar Eis). Außerdem liebt er es, in den Schlaf gekrault zu werden.

Für uns ist Finn der fellbewachsene Sonnenschein, für ihn sind wir mit Sicherheit laufende Diener, was einige Briefe beweisen, welche ich vor kurzem erhalten habe und nun weitergeben werde:

~~~~~~~~~~~~~~~~~~~~~~~~~~~~

„Hallo! Mein Name ist Finn. Ich bin gerade ein Teenager geworden. In Menschenjahren bin ich also fast ein Jahr alt. Aber bei uns Katzen rechnet man ja ein bisschen anders. Das ist mir viel zu verwirrend. Wichtig ist nur, dass ich ein großer, starker Kater werde. Und dafür tue ich einfach alles.

Ich wohne in einem großen Haus mitten in der Stadt. Doch das fällt gar nicht auf, denn gleich dahinter ist ein großer Garten, in dem es immer viel Neues zu entdecken gibt. Dort kann ich den ganzen Tag herumstreifen, wie ich es mag. Dabei habe ich schon viele Leute kennengelernt und meinen besten Freund Filou gefunden. Er ist zwar viel älter als ich, aber trotzdem habe ich immer Spaß mit ihm, wenn ich ihn intensiv zum Kämpfen animiere. Er ist ziemlich cool für sein Alter.

Manchmal wird mir das aber zu langweilig (vor allem, weil Filou oft nicht so will wie ich). Doch dann gibt es immer noch die Menschen in meinem Haus. Die müssen immer, wie ich will. Ich habe sie halt schon gut erzogen, brauche ihnen nur kurz um die Beine zu streichen oder sie mit großen Augen anschauen, und schon werde ich eifrig geknuddelt und kann mir alles erlauben. Außerdem befreien sie mich von lästigen Blutsaugern, die ich anziehe, wie ein Magnet. Ich kann aber nichts dafür!

Ab und zu muss ich allerdings aufpassen, dass sie mich nicht hereinlegen und einfach draußen stehen lassen. Ich darf ihnen nicht von der Seite weichen, auch wenn das heißt, dass ich hin und wieder einen versehentlichen Tritt einstecken muss. Sonst muss ich meine Katzentreppe benutzen. Ich gehe aber lieber mit durch den Keller. Da ist es viel spannender. Immerhin werde ich so mit extra Streicheleinheiten und Einladungen in diverse Wohnungen belohnt. Das macht Spaß, dort alles zu durchsuchen und immer neue Betten und Sofas auszuprobieren. Ach ja, habe ich ein schönes Leben! Nur mitunter muss ich lange vor den Wohnungstüren jammern, bis ich eingelassen werde. Das zahlt sich aber meistens in Form von weiteren ausgiebigen Streicheleinheiten aus. Und öfters kann ich sogar etwas zu essen ergattern (auch wenn es die Menschen nicht jedes Mal freiwillig hergeben). Was ich jedoch einmal habe, verteidige ich auch mit Wort und Tat. Und was ich noch nicht habe, das bekomme ich schon noch, und zwar mit allen Mitteln (Betteln, Anschleichen und Zuschnappen, Hochspringen oder -klettern an Menschenkörpern, Kratzen und Beißen). Mir kann sowieso niemand lange böse sein. Ich bin viel zu niedlich (das ist meine Überlebensstrategie)!

So, und nachdem ich jetzt einen ganzen Käse stibitzen und heimlich verspeisen konnte, begebe ich mich mal zum nächsten freien Menschen, um mich auf ihm bequem hinzulegen und ein paar Stunden in den Schlaf gestreichelt zu werden.

Bis bald, euer Finn!"

~~~~~~~~~~~~~~~~~~~~~~~~~~~~

„Hallo! Hier ist wieder Finn.

Leider ist der Sommer vorbei und der Winter eingekehrt. Draußen ist es jetzt kalt und nass und wir alle wissen ja, dass Wasser sehr gefährlich ist. Darum gehe ich nur hinaus, wenn ich nicht mehr anders kann und dringendst auf das Klo muss. Glücklicherweise habe ich mir genügend Winterspeck angefuttert, sodass ich nicht allzu sehr friere. Aber letzte Woche war es so kalt, dass ich beim Pipimachen im Beet beinahe festgefroren war. Da bin ich dann doch lieber drinnen in die großen Blumentöpfe gegangen.

Im Moment bin ich sowieso am liebsten im Haus unterwegs und nutze jede Gelegenheit in eine von den fünf Wohnungen zu kommen. Dort warten meistens Leckerli. Und ich weiß genau, wo! Außerdem kann ich mich in den warmen Wohnzimmern niederlassen, am liebsten auf weichen Couches oder vor dem Kamin, in dem jetzt interessante Flammen lodern. Manchmal mache ich es mir auch auf dem einen oder anderen Menschen bequem, um ausgiebig gestreichelt zu werden. Das ist wie eine Sucht und man schläft richtig gut ein.

Ab und zu muss ich allerdings dafür sorgen, dass sich meine Menschen bewegen. Dann müssen sie einfach mit mir spielen. Seifenblasen finde ich besonders toll. Die prickeln so schön, wenn sie zerplatzen.

Ach ja, ich habe meine Menschen schon gut erzogen. Jetzt muss ich mir nur noch mehr Futter sichern. Vielleicht hilft es ja, wenn ich öfter mal einen Vogel mitbringe.

In freudiger Erwartung, euer Finn!"

~~~~~~~~~~~~~~~~~~~~~~~~~~~~~~~~

„Hallo! Ich bin´s, Finn.

Heute saß ich vor einem ganz neuen Problem: Ich traf Wilma auf einem Baum und wusste nicht, was ich tun sollte. Wir saßen uns direkt gegenüber, und ich konnte sie noch nicht einmal ansehen, geschweige denn ansprechen. Das war peinlich! So etwas kenne ich von mir gar nicht. Was war nur los mit mir?

Mit Filou habe ich solche Probleme nicht. Wir zanken und vertragen uns wieder. Gut, wenn Luigi dazu kommt und mit Filou streiten will, verziehe ich mich auf meinen sicheren Aussichtspunkt, von dem aus ich alles genauestens beobachten kann, bis Luigi wieder abgezogen ist. Aber das ist ja nicht mein Problem, wenn die beiden Stress miteinander haben.

Doch mit Wilma ist alles anders. Die finde ich richtig toll. Morgen muss ich unbedingt mal mit ihr reden.

Wünscht mir Glück! Euer Finn!"

„Hallo! Ich konnte lange nicht mehr schreiben. Und das wird wohl auch mein letzter Brief sein, denn ich habe nun wichtigere Dinge zu erledigen.

Wilma und ich sind seit einigen Monaten bereits ein Paar, und wir haben auch schon fünf Kinder. Da habe ich alle Pfötchen voll zu tun.

Viele Grüße sendet euch euer Finn!"

Sina Blackwood

Der Schatz

Phil rennt durch das raschelnde Laub, wirft sich hinein und wälzt sich ausgiebig. Er genießt es, nicht ständig gegängelt zu werden. Nach ein paar Minuten wird es ihm dann doch zu kalt. Er springt auf und schüttelt sich, dass die bunten Blätter nur so davonstieben.

Diesen Wald hat er heute zum ersten Mal betreten. Genau genommen, hat er heute überhaupt zum ersten Mal einen Wald betreten. Entsprechend neugierig schaut er sich um.

Die wenigen Fichten prangen im satten Grün ihrer Nadeln. Daneben stehen gleich unzählige Buchen mit dicken, im Sonnenlicht grau-silbern leuchtenden, Stämmen. Ein paar Ahorn-Bäume lassen gerade ihre letzten Blätter fallen. Diese segeln beinahe träge dem Boden entgegen.

Phil fängt eines in der Luft auf. Mit strahlenden Augen flitzt er los, hüpft und dreht sich im Kreis, glücklich über seinen wundervollen Schatz. Niemand schimpft und so springt er im Freudentaumel auch noch über das leise murmelnde Bächlein.

Auf dem anderen Ufer dreht er sich um. Zögernd, ja fast nachdenklich, schaut er zurück. Vorsichtig legt er sein rotgoldenes Ahornblatt ab, balanciert die flache Böschung hinunter und nimmt einen großen Schluck kristallklaren Wassers aus dem Bach.

Hmmm! Wie das schmeckt! Phil trinkt, bis sein Bauch einer kleinen Trommel gleicht, klettert wieder zurück und hebt seinen Ahornschatz auf.

Unschlüssig bleibt er stehen. Er weiß weder wo er ist noch wohin er soll. Sicher ist nur, dass niemand nach ihm suchen wird. Er kann es tief in seinem Innersten fühlen.

Mit gesenktem Kopf trottet er ziellos weiter. Er hat nicht gelernt, Spuren zu lesen. Durch den Hopser über das Bächlein hat er auch seine eigene Spur verloren. Aber die hätte ihm auch nicht wirklich geholfen.

Hungrig und müde kuschelt er sich schließlich zwischen die gefurchten Wurzeln einer Buche, wo der Wind einen großen Laubhaufen zusammengetragen hat, auf dem er nun seine müden Beine ganz lang ausstreckt. Im Bruchteil eines Wimpernschlags schläft er ein.

Er spürt nicht einmal, dass es mit einbrechender Dunkelheit kälter und kälter wird. Der kleine Körper erstarrt im klirrenden Frost und der Tod streckt langsam seine knochigen Hände aus.

Am Rande der Bewusstlosigkeit dämmert Phil dem Ende entgegen. Er sieht sich im Kreise seiner Geschwister eng an seine Mama gedrückt liegen. Er spürt ihre Wärme. Phil ist glücklich. Nun muss er nur noch dem weißen, geheimnisvollen Licht folgen, dann ist er in einer besseren Welt.

Plötzlich verdecken dunkle Schatten das magische Tor.

„Schau mal, Thomas! Da liegt ein totes Kaninchen!", hört er eine Frau sagen.

Jemand schiebt das Laub von seinem Körper, fasst mit wundervoll warmen Händen nach seiner Halsschlagader.

„Das ist kein Kaninchen! Das ist ein junger Jack-Russel-Terrier! Mehr tot als lebendig!", antwortet eine Männerstimme. „Ich stecke ihn vorn in meinen Anorak. Da ist es schön warm. Vielleicht können wir ihn retten."

Phil fühlt sich emporgehoben.

„Halt durch Kleiner!", flüstert es genau an seinem Ohr. Dann wird es warm und weich und eine Hand streichelt zärtlich sein Köpfchen.

Nur nicht die Augen öffnen, denkt Phil, *dann ist dieser wunderschöne Traum zu Ende.* Nur ein seliges, kaum hörbares Schnaufen wagt er, von sich zu geben.

„Ahhh! Da regt sich was!" Die Stimme des Mannes klingt sehr zufrieden.

„Na, Gott sei Dank!", seufzt die Frau. „Der Süße ist bestimmt jemandem weggelaufen und hat den Rückweg nicht gefunden."

„Glaub ich nicht. Siehst du das Restchen Bindfaden an seinem Halsband? Den haben sie ausgesetzt! Verdammtes Pack!"

„Was machen wir mit ihm?"

„Behalten, natürlich! Oder denkst Du, dass ich den süßen Fratz in ein Tierheim stecke?"

„Ohhhh!"

Thomas muss lachen. Lisa braucht kein Wort zu sagen. Ihr strahlender Blick spricht Bände.

Nun öffnete Phil doch ganz erstaunt die Augen.

Thomas drückt ihn vorsichtig an seine Wange. „Willkommen zurück im Leben, kleiner Mann."

Nancy Meissner

Die einsame Biene

Summse, so hieß das kleine Bienchen.
Ein kleines Bienchen in einem
behüteten Zuhause.
Sie durfte Kind sein, wuchs glücklich heran.
Lernte die Fähigkeiten, der anderen Bienen.
Summse wurde erwachsen.
Eine richtige Honigbiene,
immer eifrig bei der Arbeit.
Zusammen mit ihrer großen Familie
schwärmte sie aus.
Sie schwärmten aus,
um Blütenstaub zu sammeln.
Es war nichts Neues, sie taten es täglich.
Jeden Tag ging es zu der schönen
großen Blumenwiese.
Die Blumen rochen so gut,
und ihr Nektar war köstlich.
Ein wahres Paradies für die Honigbienen.
Jede der Bienen hatte ihren eigenen Bereich
auf der Wiese.
Sie kamen sich niemals in die Quere.
Perfekt organisiert, schien ihr Tun zu sein.
Auch Summse hatte ihren ganz eigenen Bereich.
Nach Herzenslust konnte sie
den süßen Nektar ernten.
Trug ihn jedes Mal fleißig nach Hause.
Sie produzierte Honig,
denn sie war eine Honigbiene.
Wie fast jeden Tag,
war sie auch dieses Mal wieder als Erste fertig.

Heftig mit den Flügeln schlagend
flog sie nach Hause.
Sie war sehr stolz, wieder die Erste zu sein.
Ihr Fleiß und ihre Schnelligkeit
zeichneten Summse aus.
Ihr Name war jeder Biene im Land bekannt.
Summse legte sich gemütlich zurück.
Sie entspannte sich und wartete.
Wartete auf die Heimkehr der anderen Bienen.
Die Bienen, die ihre Familie waren.
Die Zeit verging, doch nichts tat sich.
Nicht eine Biene kehrte zurück,
in das behütete Heim.
Besorgt flog Summse hinaus,
zurück zur schönen Wiese.
Auf ihrem Weg kam ihr
nicht ein einziges kleines Bienchen entgegen.
Sie war beunruhigt,
spürte die Angst in sich aufsteigen.
Sie wusste nicht, was es war,
doch sie spürte große Gefahr.
Eine Gefahr, die sich sofort bestätigte.
Sie flog über die Blumenwiese
und sah ihre Familie.
Doch sie flogen nicht mehr,
hatten ihre Arbeit und sich selbst niedergelegt.
Summse flog hinunter auf den Boden.
Dort konnte sie ihre Familie genauer sehen.
Kleine schwarz-gelbe Honigbienchen.

Sie lagen überall verstreut
und nicht eine regte sich mehr.
Nicht eine hatte den schweren Angriff überlebt.
Einen Angriff,
dem Summse nur knapp entgangen war.
Ein Attentat, ausgeübt von Menschenhand.
So viele Bienen, das kann es nicht geben.
Sie stechen und machen unsere Blumen kaputt.
Aufdringliche Viecher,
da muss man was machen!
Das ging durch den Menschenkopf,
als er den Bienenschwarm entdeckte.
Kurzerhand griff er zu Gift,
um zu vernichten, diese Biester.
Biester, die in seinen Augen nutzlos sind.
Nervend und nicht berechtigt, zu leben.
Die Wiese gehörte zu seinem Land,
da hatte eine Biene nichts verloren.
Er sprühte großzügig,
ein für Bienen tödliches Gift.
Die Honigbienen konnten nicht flüchten.
Zu überraschend kam die Attacke,
mit der sie nie gerechnet hatten.
In Sekundenschnelle war das Leben
von über hundert Tieren vernichtet.
Tiere, die doch so nützlich sind,
und niemanden schaden.
Ohne die Bienen bekommt der Mensch
keinen Honig.

Doch das sah der Giftsprüher leider nicht.
Er tötete gnadenlos die ganze Bienenfamilie.
Ließ nicht eine einzige,
der Anwesenden, am Leben.
Zurück ließ er nur Summse,
die flinker als die anderen war.
Doch was nützte Summse ihre Schnelligkeit?
Was nützte ihr denn schon
ihr außerordentlicher Fleiß?
Ihre Familie, die war ihr Leben,
und nun gab es sie nicht mehr.
Ausgerottet, völlig ohne Grund.

Zurück blieb nichts,
außer einer einsamen Biene.

Silvia Grad

Sita, die Kohlmeise

„Hallo, ich bin Sita, eine junge Kohlmeise. Bevor ich euch meine Geschichte erzähle, möchte ich mich euch vorstellen, also hört:

„Geschlüpft bin ich im vorigen Jahr in einem Nistkasten, der sich in einem großen Garten befindet. Ich gehöre zur Familie der Singvögel.

Meine Mutti sagt, dass ich eine schöne Stimme habe, ziep-ziep-ziep.

Ich wiege 16 Gramm und bin nur vierzehn Zentimeter groß. Mein Kopf ist schwarz, meine Wangen sind weiß, mein Bäuchlein ist gelbgrün mit schwarzem Mittelstreif. Meine Nahrung suche ich manchmal am Boden. Ab und an sammle ich aber auch von Bäumen und Büschen Spinnen und Insekten. Ich mag ebenfalls Beeren, sowie Blatt- und Blütenknospen, die ich hier, in meiner Gartenanlage, zur Genüge finde. Wenn es kalt wird, suche ich einen Nistkasten, in dem ich nachts schlafen kann.

Im Herbst letzten Jahres habe ich eines Tages bei einem Ausflug so ein wunderschönes Singen gehört. Ich saß gerade auf der Birke und wippte auf einem Zweig. Das Singen kam näher und ein Kohlmeisenmännchen setzte sich neben mich und beäugte mich. *Oh, was für ein hübsches Männchen*, dachte ich.

„Hallo, wie heißt du?", fragte mich der schöne Sänger.

„Ich bin Sita."

„Und wo bist du zu Hause?"

„Ich lebe hier in dieser Gartenanlage. Aber woher kommst du?", wollte Sita jetzt wissen.

„Ich bin Fredo, komme aus dem Nachbarort und suche eine liebe Freundin."

Verschämt senkte Sita ihr Köpfchen, blinzelte ihn dann an und entgegnete: „Na, komm mit mir, ich zeige dir mal meinen Wohnort -ziep-ziep-ziep."

Flugs schwangen sich die Vögel auf und flogen nebeneinander in dem Garten herum, in dem Sita sehr gerne verweilte, weil sie hier schmackhafte Beeren und auch Insekten fand.

„Schau mal, Fredo, da an dem Kirschbaum hängt ein Nistkasten! Das wäre eine gute Übernachtungsmöglichkeit, wenn es kälter wird!" Beide flogen auf die Sitzstange und Fredo lugte durchs Einflugloch. „Oh ja, schön ist's drinnen! Die Menschen haben ihn bestimmt erst neu angebracht!"

„Lass mich bitte auch mal reinschauen, Fredo." Sita rückte ans Einflugloch und schaute ins Häuschen hinein. „Hast recht, Fredo, gefällt mir auch gut, diese Schlafstelle."

Fredo meinte: „Warte mal, ich schau mir noch einmal das Einflugloch an, ob wir Kohlmeisen auch unbeschadet durchpassen werden."

Nun schlüpft Sita in den Kasten, pocht an dessen Wände. Dabei gibt sie Laute von sich: wiwiwiwiwiwiwi! Aufgeregt rennt sie von Ecke zu Ecke, blickt nach oben zum Einflugloch.

Währenddessen sitzt Fredo oben auf der Sitzstange und lauscht den niedlichen Tönen Sitas, die sich fast wie Singen anhören.

Das wird meine kleine Frau, denkt er. *Sie ist ja so niedlich!*

Sita kommt aus dem Nistkasten, piept ihr zufriedenes „zizidäh-zizidäh!", fliegt auf den Nachbarbaum und putzt sich ausgiebig.

Fredo fliegt ihr hinterher und flüstert: „Sita, können wir Freunde sein?"

Das kleine Kohlmeisenmädchen schlägt erfreut mit ihren Flügelchen, blinzelt Fredo an und piept: „Ach ja, das wäre schön."

Dabei berühren sich beide zärtlich mit ihren Schnäbelchen.

Sita und Fredo leben nun zusammen in der Gartenkolonie. Mitte November wird es immer kälter.

In der Abenddämmerung fliegen die beiden jungen Kohlmeisen zum Kirschbaum.

Sita hopst in ihre Schlafstätte, bleibt kurz drin, fliegt dann auf den Nachbarbaum und schimpft kräftig: „Tschärr-tschärr-tschärr!!!"

Besorgt fragt Fredo: „Was hast du denn? Ist der Nistkasten nicht sauber?"

„Oh doch, aber ich fürchte mich eben so ganz allein!"

„Nun, daran musst du dich gewöhnen. Wir Kohlmeisenmännchen schlafen auch bei Kälte im Freien, die Weibchen aber in solchen von Menschen gefertigten Kästen. Doch sei unbesorgt, meine liebe Freundin, ich bringe dich abends immer zu deiner Schlafstelle und morgens hole ich dich ab."

So bezieht Sita ihr Nachtquartier, putzt sich ausgiebig und begibt sich zur Ruhe. Obwohl sie glücklich ist, schläft sie unruhig, wacht ab und an auf, richtet ihr Gefieder, wechselt die Schlafstellung und schläft weiter. Am liebsten aber plustert sie sich auf. Dann sieht sie wie ein kleines Knäuel aus.

Wieder wacht sie auf, schaut nach oben, fliegt aus der Öffnung, sitzt nun auf der Sitzstange vorm Einflugloch und starrt in die Nacht.

Hell scheint der Mond. Bald gibt es für Sita kein Halten mehr. Schwupps - verlässt sie ihr Schlafquartier und irrt einige Zeit zwischen den Bäumen umher, bis sie sich auf einen Ast nahe einer Straßenlaterne setzt und das Licht anstarrt als sei es die Sonne.

Oh je, was ist nur mit mir los, denkt sie. Ist sie etwa eine Schlafwandlerin? Ein wenig furchtsam blickt sie um sich, bleibt geraume Zeit sitzen und schwirrt zurück in ihr Schlafquartier.

Früh am Morgen putzt sie sich ausgiebig, dehnt und streckt sich, spreizt wechselseitig ihre Flügel und streckt ihre Beinchen. Sie liebt diese Morgenwäsche sehr und danach fühlt sie sich immer frisch und munter. Sie nimmt Anlauf und schwups, ist sie wieder draußen im Garten. Mit einem zufriedenen „wiwiwiwiwi" fliegt sie zu dem großen Kirschbaum, ordnet nochmals ihr Federkleid, begibt sich auf Erkundung durch den Garten und kommt mit Fredo zurück. Zusammen fliegen sie davon, um ihr Frühstück zu suchen. Da es noch nicht sehr kalt ist, gibt es genügend Beeren und sogar noch einige Fliegen.

Auch hat Sita den Schlafplatz für sich *reserviert* und sie denkt auch schon daran, vielleicht mit Fredo eine kleine Familie zu gründen. Dann, ja dann, wird sie *ihre Schlafstätte* auch für das Nisten verwenden. Lange dauert es ja nicht mehr bis zum Frühling.

So vergehen einige Wochen und Monate. Fredo ist ihr ein lieber Mann geworden. Er beschützt sie und bringt sie jeden Abend zur Schlafstelle. Tagsüber suchen sie gemeinsam nach Futter.

Auf einem Ast des Kirschbaumes lassen sie sich nieder, lachen, rufen, schnurren, fliegen erst zu einem Busch mit weißen Beeren und danach zu einem großen Apfelbaum. Da gibt's reichlich zu fressen!

Sita und Fredo entdecken ein Raupennest und Ei um Ei wird genüsslich verspeist.

Unweit der Gärten befindet sich ein kleiner Wald, auch dorthin fliegen Sita und ihr Freund. „Ach, ist das schön hier, Fredo! Schau doch mal, so viel Laub!"

Jedes Blatt wird untersucht. „Komm her, schau – da sehe ich einige Schmetterlingseier", ruft Fredo

„Zizibä", lacht Sita und pickt ein Ei nach dem anderen herunter.

Fredo ist inzwischen davongeflogen. Er will mal schauen, ob er noch einige Beeren finden kann.

Plötzlich erschallt das laute Rufen ihrer Artgenossen. Ein kleiner Trupp Kohlmeisen sucht das Holz eines großen Baumes ab. Das ist ein Piepen, Zirpen, Pfeifen, Kullern! Über Kopf hängen die Vögel an den Zweigen, schauen in jede Rindenspalte. Überall leuchten die hellen Westen, blitzen ihre weißen Wangen. Aus Knospen werden Würmer gepickt. Andere Kohlmeisen wieder hüpfen auf der Erde umher, suchen nach erfrorenen Käfern und Raupen oder klopfen Rinde von Ästen, um Larven zu entdecken.

Sita frisst sich satt und fühlt sich im Kreise ihrer Artgenossen sehr wohl.

Eines Abends, als sich Sita in ihr Schlafgemach zurückziehen will, sitzt dort bereits eine fremde Meisenfrau! Diese hat den Nistkasten von Federn gereinigt und will sich eben zur Ruhe begeben! Sita fliegt durchs Einflugloch und es beginnt ein wilder Kampf.

Mit ihren spitzen Schnäbeln picken sie aufeinander los, wälzen sich, schlagen mit den Flügeln und schreien, was das Zeug hält: „Tärrr-tärrr-tärrr!" Federn fliegen. Endlich flattert der Eindringling urplötzlich, wie wild, durch die Öffnung nach draußen.

Sita, noch aufgeregt, findet nach diesem Erleben kaum Schlaf.

Am nächsten Morgen, einem schon warmen Frühlingstag, lässt sich Sita auf einem Kirschbaumzweig nieder. Lustig wippt sie mit ihren Schwanzfedern.

Ein Meisenhahn fliegt heran, nimmt neben ihr Platz, rückt, unentwegt lockend und pfeifend, immer näher an Sita. Dann bläst er die Kehle auf, spreizt seine Flügel, fächert seinen Schwanz, sträubt die Kopffedern und singt ein zartes Liebeslied. Leise, ganz leise singt er, trippelt dabei auf dem Zweig hin und her, verbeugt sich und flattert dann als dicke Plusterkugel zu der kleinen Meisenhenne.

Jetzt kommt vom Nachbarbaum noch ein solcher Federball herangeflattert und als er zu singen beginnt, kommt die Stimme unserer Sita wohlbekannt vor.

Ach, das ist ja Fredo, denkt sie. Und schwups... er rückt immer näher, piepst leise und niedlich. Plötzlich stoßen beide Kohlmeisenmännchen einen heißeren Schrei aus: „Tärr-tärr-tärr...", fahren aufeinander los, flattern gegeneinander, hacken mit den Schnäbeln. Dann fassen sie sich mit den Krallen und wirbeln wie schwarzweiße Bällchen durch die Zweige, fallen herunter ins Laub auf die Wiese, wo sie sich piepend und zischend umeinander drehen. Federchen und Blätter stieben herum. Unvermittelt lassen sie sich los. Arg zerzaust flattert der Besiegte davon.

Fredo fliegt auf einen niedrig hängenden Ast, piept schadenfroh, ordnet sein Federkleid, fliegt zu Sita und wirbt noch eifriger als vorher um sie. Sein heller Singsang erfüllt den Wald und gefällt auch Sita, die nunmehr dicht neben ihm sitzt, ihn bewundernd anblickt und ihn dann zärtlich mit dem Schnabel anstupst. Ganz aufgeregt piept Fredo sein „Zizibä-zizibä" und fragt: „Willst du meine Frau werden, Sita? Wollen wir uns ein Nest bauen und eine Familie gründen?"

Sie haucht ein sanftes: „Ja" und beider Schnäbel berühren sich zärtlich. „Dann wollen wir mit unserem Nestbau beginnen, mein kleines Frauchen", sagt Fredo leise zu ihr.

Mittlerweile ist es März geworden. Das Meisenpärchen hat beschlossen, die Schlafstätte Sitas für das Brüten zu nutzen. Im Minutentakt bringt Sita Zweige und Moosteilchen in den Nistkasten und verteilt sie mit den Flügeln auf dem Boden. Die Polsterschicht im Nest wächst. Als ein etwas zu langer Zweig nicht durchs Einflugloch passt, drückt und schiebt Sita kräftig, verliert dabei einiges aus ihrer Last, aber sie schafft es! Im Nistkasten drückt sie alles Naturmaterial zusammen und verdichtet es. Die untere Schicht hat sie aus Moosteilchen gefertigt, ist aber noch nicht zufrieden, hätte gerne noch ein wenig richtig warme Wolle obenauf.

Ach ja, überlegt sie, *da oben, wo das Gartenhaus meiner Menschen steht, da gibt es doch so einen kleinen Teppich, da werde ich mir einige Fäden herauszupfen!* Und schon fliegt sie dorthin. Zwar bemerkt sie, dass dort ein Mensch sitzt, aber sie hat keine Angst, denn sie hat ihn schon oft gesehen und beobachtet. Manchmal ahmt dieser sogar ihre Sprache nach, aber da muss Sita lachen, wie seltsam das klingt!

Kess und mutig zupft sie jetzt -schwuppdiwupp- einige Fäden aus dem Teppich und fliegt dann schnell wieder zurück zum Nistplatz. Die Baumwollfäden drückt sie auf das Nest. Das soll das Bettchen für ihre Jungen werden.

Danach fliegt sie wieder ins Freie. Dort wartet Fredo schon, der einige Haare für das Nest herangeschafft hat.

Erschöpft ist Sita nach diesen Anstrengungen. Zeitig fliegt sie in den Nistkasten zurück, um dort zu übernachten. Sie kratzt sich, zupft am Nest, hantiert mit dem Schnabel in der Kuhle, in der sie sitzt, es ist, als ob es sie jucken würde! Es dauert nicht lange, sie selbst ist sehr erstaunt, da liegt ihr erstes Ei im Nest! Ab und an dreht sie es mit ihrem Schnabel um, dann deckt sie es sorgsam zu.

Am nächsten Morgen sucht Sita weiter nach Polstermaterial und wird dabei von ihrem Auserwählten begleitet. Während Sita das Nest polstert, wartet Fredo draußen im Kirschbaum und flötet lustig vor sich hin, worauf Sita dann jedes Mal krächzend und schnatternd antwortet: „tärrr-tärrr-tärrr."

Immer dann, wenn die junge Meisenmutter ihr Nest verlässt, wetzt sie ihren Schnabel an der Sitzstange sauber. Mittlerweile liegen nun schon fünf Eier mit roten Punkten im Nest. Sita hockt sich auf sie und beginnt zu brüten. Draußen, ab und an, die freudvollen Laute des jungen, stolzen Vaters: „Zizidä-zizidä!" Und Sita kennt die Stimme ihres Partners ganz genau!

Am Abend ruft er laut. „Komm' mal kurz raus, ich hab' nen Wurm für dich!" Sita kommt heraus auf die Sitzstange und Fredo füttert sie. Danach ist sie aber längst noch nicht satt und sie beginnt, mit ihren herabhängenden Flügeln zu zittern, was soviel heißen soll wie: Ich will noch mehr! Da sie nichts bekommt, fliegt sie ihrem Männchen hinterher. Gemeinsamer Abendspazierflug gefällig?

Dann, wieder zurück, liegt bald Ei Nummer sieben im Nest. Immer neu sortiert Sita die Eier. Gegen Abend kommt Fredo zur Brutstatt. Sita lässt sich von ihm füttern. Als Belohnung erhält er vor seinem Abflug einen zärtlichen Schnabel Stups.

In der Nacht gibt es ein kräftiges Gewitter mit Donner und Blitze. Kleine Hagelkörner prasseln auf das Dach des Nistkastens. Sita wacht mit einem Laut des Erschreckens auf, spreizt ihre Schwanzfedern und schnellt auf. Aber die Menschen haben den Nistkasten sorgfältig gebaut. Sicher und warm kann Sita ihre Eier schützen.

Am nächsten Morgen beginnt nun ihre Arbeit des Brütens. Schon zeitig sitzt Sita auf dem Gelege und lässt sich von Fredo das Frühstück *ans Bett* bringen. Sie brütet den ganzen Tag.

Draußen regnet es wieder. Der werdende Kohlmeisenpapa bringt seinem Weibchen eine Leckerei, Insekten, die er in den Blättern des Kirschbaumes fand. Eine Schar Spatzen belagerte den Baum, aber Fredo verjagte sie. Nun brütet Sita ihre sieben Eier und ihr Männchen versorgt sie regelmäßig und liebevoll mit Futter.

Die junge Meisenfrau verlässt nun jede Stunde ein Mal den Nistkasten, unternimmt einen Ausflug, von dem sie nach wenigen Minuten zurückkehrt. Sie erledigt *ihre Geschäfte* draußen, denn die Kinderstube soll sauber bleiben. Manchmal verlässt sie das Gelege auch, um sich draußen, auf der Sitzstange, mal kräftig zu strecken. Ab und an gibt es ein zärtliches Schnäbeln mit Fredo. Jedes Mal, wenn er mit Futter kommt, kündigt er dieses mit fröhlichem Singen an. Ganz vorsorglich reicht er Sita die Leckerbissen.

Eines Tages erklettert ein kleines Menschenkind, der neugierige Hans, den Kirschbaum, den dem der Nistkasten hängt. Zu gerne möchte er einmal die kleine Familie Meise in Augenschein nehmen! Neugierig fingert es ins Einflugloch – aber hastig zieht es seine Finger zurück, denn Sita fährt schnell in die Höhe und faucht laut, so dass der Junge erschrickt. Er prallt zurück und fällt hinunter ins Gras. Welch' ein Glück, er fällt weich. Sein Vorhaben ist endgültig gestoppt. Hinkend zieht er von dannen. Fortan hat Familie Meise Ruhe.

Ein Tag nach dem anderen vergeht und endlich, nach vierzehn Tagen, piepst es dünn und fein im Nistkasten! Die Alten, Sita und Fredo, sie haben jetzt kaum noch Zeit, an sich zu denken. Sieben Schnäbelchen sind zu stopfen!

Viele hundert Male fliegen Mutter und Vater Meise hin und her, um Räupchen, Fliegen und Mücken, Spinnen und Blattläuse herbei zu tragen.

Wenn Sita oder Fredo mit im Schnabel gespicktem Futter im Nest auftauchen, will jedes Küken das erste sein und den dicksten Happen erhaschen. Gelegentlich scheint die Gier noch größer zu sein, als der Schlund, wenn ein besonders dicker Brocken, eine Wiesenschnake oder Schmetterlingsraupe, noch minutenlang aus dem Hals hängt und die Jungmeise zu ersticken droht.

Sita bemerkt es, wenn der Brocken zu groß ist, pickt ihn wieder aus dem Schnabel des Jungen, zerkleinert das Futter und steckt es dann zurück in das Schnäbelchen ihres Kindes. Schließlich rutscht alles runter. Die jungen Eltern kommen nun kaum dazu, selbst einmal eine Pause einzulegen. Die Kleinen wachsen und gedeihen.

Mittlerweile kennt Sita ihren Nachwuchs genau und sie bemerkt, welches Junge zuerst Futter benötigt. Manchmal stupst sie auch ein Küken an, damit es aufwacht, um zu fressen. Der Tagesablauf eines Kükens sieht nun so aus:

Nach Futter schreien. Gefüttert werden. Popo abgeputzt bekommen und Mama entsorgt alles nach draußen. Gefiederpflege und Pickübungen.

Sie haben kaum noch genügend Platz im Nistkasten. Es ist höchste Zeit, dass sie flügge werden!

Endlich ist es soweit! Die Eltern, aber auch die Kinder, scheinen ein wenig aufgeregt. Sita fliegt auf den Kirschbaum nebenan. Fredo bleibt im Nistkasten, um den Kleinen Mut zu machen.

Das erste Küken wagt sich auf den Rand des Einflugslochs, piepst dort unbeholfen herum und folgt endlich in unsicherem Fluge dem Lockruf seiner Mutter. Mit Müh und Not erreicht es den Zweig, krallt sich daran, flattert ängstlich und sitzt schließlich, tief atmend, neben seiner Mutter.

Nun schwirrt auch das zweite Küken herbei, ein drittes und schließlich alle. Auch das Nesthäkchen wagt den Flug in die Welt.

Alle sieben Stummelschwänze finden sich nun auf einem Zweig, rücken enger zusammen und piepsen aufgeregt ihr „wiwiwiwiwiiwiwi!" Ein Geflüster und Gewisper im Kirschbaum – es ist eine Zwitschersinfonie!

Fredo kommt aus dem Nistkasten und sagt seiner Sita Bescheid, dass nun alle Kinder da sind, aber im Nest noch so einiges herumliegt, was nicht hinein gehört. Sita fliegt zurück und bringt alle Schmutzteilchen weg. Danach suchen sie und Fredo wieder Futter für ihre Jungen, die lauthals und ungeduldig „Hunger!" schreien. Unentwegt fliegen sie hin und her und stopfen die Schnäbelchen ihrer Kleinen. Danach folgt eine besondere Belehrung.

Sita und Fredo fliegen mit ihren Jungen auf einen großen Kirschbaum unweit des Nistkastens. Dort zeigen sie den Meisenkindern, wie man eine Kirsche anpicken kann. Sita fasst mit einem ihrer Füßchen den Stiel der Kirsche, schwingt ihn nach oben und hält ihn fest. Dann pickt sie mit dem Schnabel ins Fruchtfleisch. Sie meint: „Kinder, das ist besonders köstlich, aber wie ihr seht, braucht man dazu ein wenig Übung. Doch eines Tages schafft ihr das auch."

Nun beginnt ein lustiges Leben. Die Jungmeisen bleiben noch etwa vierzehn Tage mit ihren Eltern zusammen. Diese zeigen ihnen, wo sie genügend Futter finden können. Einen Tag jagen sie im Buchenwald, am anderen in den Fichten. Tags darauf tummeln sie sich in den Weiden neben den Bahnschienen.

Am allerliebsten sind sie in der Gartenanlage, wo sie im Garten *ihrer Menschen* sitzen und ihnen ein lustiges Ziepziep-Liedchen singen. Unmengen von Ungeziefer vertilgen sie.

Als die Kleinen dann goldgelbe Brüstchen haben und lange Schwanzfedern, trennen sie sich von ihren Eltern und versuchen ihr Glück allein. Aber immer wieder zieht es Sita an den Ort, wo der große Kirschbaum lockt, an dem sie den Nistkasten bewohnte. Und manchmal kommt sogar eines ihrer Kinder zurück in die *Alte Heimat*. Dann kommt es schon vor, dass es eine Zwischenlandung nötig hat.

Bisweilen scheint es den Gärtnersleuten dort, als besuche sie ab und an ein Meisenkind, das ihnen ein Ständchen bringt – eine Art Dank für die Gastfreundschaft.

Jedenfalls staunen und wundern sich die Menschen sehr, als sie eines fernen Tages den Nistkasten säubern. Sie finden das wundervoll weiche Nest, das Sita einst so umsichtig und schön warm für ihre Jungen zusammenfügte und sind überrascht, was so ein kleines Vögelchen alles kann.

Bleibt nur noch zu wünschen, dass es der jungen Kohlmeisenfamilie lange gut gehen möge, und dass vielleicht eines der Meisenkinder nächstes Jahr wieder zu den freundlichen Menschen kommt, um den Nistkasten zu bewohnen und zu brüten.

Macht's gut, ihr kleinen Meisen, und passt gut auf euch auf!

Jana Heidler

IM Rotkehlchen

IM Rotkehlchen, war der Name für verdeckte Regierungsoperationen der besonderen Art. Es handelte sich dabei um inoffizielle Mitarbeiter, die zur allgemeinen Überwachung eingesetzt wurden. Ihre Tarnung war perfekt, weil sie sich ihrer Umgebung vollständig anpassten. Sie lebten förmlich darin und waren deshalb als Spione derart erfolgreich.

Wer verdächtigte schon eine Fliege, die permanent um einen herumflog oder eine Spinne, die an der Zimmerdecke hing? Allerdings waren die Fluktuationen und die Sterberate solcher Agenten immer recht hoch.

Doch der Erfolg rechtfertigte das Risiko, zumal die Anzahl der Kandidaten im Insektenreich beinahe unbegrenzt war. Stets dabei war eine Minikamera, die sich bei Entdeckung selbst zerstören sollte.

Etwas anders sah es da schon bei den Wirbeltieren aus, welche nicht ganz so zahlreich existierten. Aber auch das war kaum ein Problem, sofern ein paar einfache Sicherheits- und Abstandsregeln eingehalten wurden.

Vögel sollten ihre ahnungslosen Zielpersonen beispielsweise nur aus großer Höhe beobachten. Nichtsdestotrotz gab es Schnüffler, die diese Regeln nicht einhielten (sei es aus Waghalsigkeit oder Routinedenken) und sich zu nah heranwagten. Häufig wurden diese dann von anderen Spitzeln (z.B. einer Katze) ausgeschaltet.

Die perfidesten Auskundschafter waren jedoch die, welche sich in die Leben ihrer Opfer einschlichen und auf diese Weise jedes einzelne, intimste Detail belauerten. Als niedliche Haustiere maskiert, bewachten sie ihre Menschen selbst beim Toilettengang und unter der Dusche. Manche überprüften sogar akribisch die Nahrungsaufnahme und führten Zahnkontrollen durch.

Mit winzigen Mikrofonen in den Ohren und Kameras in den Augen versteckt, entging ihnen nichts. Die neuesten IMs hatten gar bloß einen Mikrochip unter die Haut implantiert bekommen, mit dem selbst Blutdruck, Puls, Temperatur und allgemeine Befindlichkeit ausgewertet werden konnten.

Auf dies Weise konnten Stärken und Schwächen abgeleitet und der Betroffene planmäßig manipuliert werden, wenn dies gewünscht war. Das ganze Projekt funktionierte einwandfrei, bis einem der Agenten ein folgenschwerer Fehler unterlief:

Der Schäferhund-Pudel-Mischling Harry war bereits seit seiner Geburt als Spion ausgebildet worden. Das hatte er gewissermaßen von seinen Eltern geerbt, die den Beruf ihrerseits von ihren Eltern übernommen hatten. Das Ausspionieren hatte also eine lange Familientradition und wurde mit Inbrunst und Perfektion betrieben. Doch bei Harry zeichnete sich schon früh ab, dass er etwas aus der Art schlug. Er hatte nicht so recht das Talent, sich unauffällig zu verhalten.

Vielmehr preschte er allzu oft einfach drauflos oder stand unübersehbar im Weg. Aus dem Grund war es für seine Ausbilder von größter Wichtigkeit, ihm das Einmaleins und das damit verbundene Handwerkszeug eines guten Spitzels förmlich einzuimpfen. Jeder Fortschritt diesbezüglich war höchst erfreulich. Schließlich war seine Ausbildung als inoffizieller Mitarbeiter abgeschlossen, und er wurde einem jungen Mann namens Matthias Meier als Haustier zugeteilt.

Dieser war sehr aktiv und beschäftigte sich mit vielen Dingen. Folglich hatte Harry alle Pfoten voll zu tun, wich seinem *Besitzer* nicht von der Seite. Er ließ ihn sogar bei

Toilettengängen nicht aus den Augen, bis ein verärgerter Ausruf ihn verdeutlichte, dass er aufgeflogen war.

„Harry, du alter Spanner!", rief Matthias verärgert aus dem Bad: „Ich sehe deine Füße unter der Tür!"

Schnellstens zog sich der Hund zurück und versuchte, möglichst unschuldig zu wirken. Selbstverständlich verzieh ihm sein Herrchen. Wer konnte denn auch seinen großen, treuen Augen widerstehen? Immerhin hatte er den Blick bis zur Perfektion geübt.

Dennoch wurde er vorsichtiger beim Beschatten des Menschen. Um jedoch eine umfassende Beobachtung weiterhin gewährleisten zu können, zog er viele seiner Kollegen hinzu, die sich in engen Abständen abwechselten. Auf diese Weise konnte die Zielperson rund um die Uhr von mehreren Kundschaftern ausgespäht werden.

Das führte allerdings so weit, dass zu viele Linsen auf Matthias gerichtet waren, und jeder versuchte, die detailliertesten Informationen zu erhaschen. Er wurde also zunehmend belagert, vor allem sobald er das Haus verließ, was ihm mit der Zeit immer mehr auffiel.

Zunächst dachte er, er bilde sich nur ein, dass ihn alle Tiere anstarrten und verfolgten. Allein die Vorstellung schien ihm lächerlich. Aber eines Tages wurde diese zur Gewissheit: Während eines Spaziergangs mit dem Hund setzte er sich auf eine Parkbank, um ein wenig zu dösen. Dabei schlief er für wenige Minuten ein. Als er seine Augen wieder öffnete, erblickte er sofort Harrys Nase und gleich dahinter dutzende Augenpaare unterschiedlichster Tierarten (Vögel, Eichhörnchen, Waschbären und sogar Füchse).

Erschrocken sprang er auf und sah um sich herum eine große Traube aus Tieren, die ihn alle anstarrten und umgehend in alle Richtungen davonstoben, als sie merkten, dass sie entdeckt worden waren. „Hey, warum bespitzelt ihr mich?!", rief er mit einer Mischung aus Verärgerung und Furcht aus.

Das war das Ende des Projekts *IM Rotkehlchen*. Die Agenten wurden alle fristlos in Pension geschickt und sämtliche Unterlagen und Beweise vernichtet. Oder fühlt sich jemand manchmal beobachtet?

Karin Geyer

Weiber, Katzen, Schmetterlinge
ODER
Die magische Kraft böser Wünsche

Eine leichte Sommerbrise strich sanft über die Ausläufer der Alpen. Wie zufällig verstreut lagen die kleinen Bergdörfer geschützt in den Tälern der mit Schnee bedeckten Bergriesen. Im Hintergrund waren unschwer die Ausmaße einer beharrlich wachsenden Kleinstadt auszumachen. Heilige Ruhe untermalte diesen romantischen Anblick.

Doch diese Ruhe war trügerisch. Im Gasthof *Zum Edelweiß* ging es gerade heftig zur Debatte.

Ein Foto in der Tagespresse erregte die Einwohner der kleinen Gemeinden. Alois, der bisher letzte Spross der Knoppmeier-Dynastie vom nahegelegenen Sulzerbach, saß in sich gesunken und kraftlos im Gerichtssaal, bewacht von einem Polizisten und einem Arzt.

Der kurze Text wies aus, dass die Verhandlung gegen Herrn Knoppmeier wegen Erregung öffentlichen Ärgernisses mit der Zahlung einer Strafe eingestellt wurde. Das Foto zeigte jedoch eine gescheiterte Existenz, die keine Hoffnung mehr zu haben schien.

Was war geschehen? Diese Frage ließ niemanden mehr in Ruhe. Das musste geklärt und aufgedeckt werden. Mit halben Sachen hatte man sich am Stammtisch noch nie zufriedengegeben.

Alois war einer der reichsten Männer der Umgebung. Sein Urgroßvater hatte damals die Sägemühle in das verträumte österreichische Alpental hineingebaut und damit den Grundstock für immer größer werdenden Wohlstand gelegt. Das Dorf wuchs über seine Gebietsgrenzen hinaus und bildete mit den Jahren eine attraktive Gemeinde.

Als das Geschäft mit den Brettern zu Ende ging, siedelte der jüngste Spross der Knoppmeier-Dynastie, eben dieser Alois, die Mikroelektronik im Umfeld an, und Sulzerbach mutierte zu einer sehenswerten Kleinstadt.

Jeder kannte Alois. Mit seinen 1,65 m Körpergröße und 70 kg Lebendgewicht war der Endvierziger keine auffallend stattliche Erscheinung. Von dem energischen Willen seiner Ahnen, ein bestimmtes Ziel zu verfolgen, hatte er offenbar wenig geerbt. Um es genauer auszudrücken, Alois hatte bisher kein sichtbares Ziel erkennen lassen. Seine Position in der Firma war geerbt und die Geschäfte führten andere.

Nichtsdestotrotz war er für die Damenwelt der Umgebung der heiß begehrteste Junggeselle überhaupt, machte sich doch jede Hoffnung, die zukünftige Frau Knoppmeier zu werden. Die Rolle des unfreiwilligen Casanovas ergab sich dadurch fast von selbst. Die Damen rissen sich um ihn, das heißt, um sein Vermögen.

Mit der Zeit wurde jede Favoritin missgünstig um Ihre momentane Stellung beneidet und über kurz oder lang teils hämisch, teils mitleidig in den Kreis der Gescheiterten aufgenommen. Alois hingegen glaubte wirklich, unwiderstehlich zu sein, und sein Ego luchste danach, weitere Erfolge verbuchen zu können, was in der Enge der Kleinstadt nicht so recht gelang. Zumal in diesem überschaubaren Nest kein Geheimnis zu hüten war. Sowohl am Stammtisch der Herren als auch beim Kaffeekränzchen der Damen konnten die geschehenen Dinge fast ohne Verzögerung ausgewertet werden.

Der Frust, der ständig verschmähten Herren und der Neid der erfolglosen Damen, wuchs und konnte nicht mehr übersehen werden. Gemeinschaftlich wünschte man aus tiefsten Herzen Alois nichts Gutes. Doch noch war es nicht so weit, dass sich diese Wünsche erfüllen konnten.

Eines Tages stand der eingebildete Casanova, außer mit einem neuen Auto, mit einem blonden langbeinigen Urlaubsmitbringsel mitten in Sulzerbach. Nicht nur seine

Verehrerinnen, sondern auch der Firmenvorstand waren leicht verstimmt. Ob dieser nicht standesgemäßen Liaison, sah man hier instinktiv voraus, dass sich eine ungünstige Konstellation anbahnte, da die Fremde sicher nicht vor hatte, sich in die Liste der verschmähten Vorgängerinnen einzureihen.

Chantal war eine aufreizende Schönheit und sehr begabt zu nächtlicher Stunde. Leider fehlte ihr der gewisse Stil, auf den das Knoppmeier-Imperium so gerne pochte. Zusätzlich schmeichelte es Alois' Männlichkeit, ein so attraktives Geschöpf neben sich zu haben. Chantals anderen Fähigkeiten schienen so überzeugend, dass der Kleinstadtcasanova auf Wolke Sieben schwebte und sich nichts Vernünftiges mehr sagen ließ.

Wie ein verliebter Gockel stolzierte Alois umher. Er ließ sich nicht nur einen Schnauzer wachsen, der ihm gar nicht stand. »Der kitzelt so schön«, meinte Chantal verschmitzt. In den eingeweihten Kreisen tuschelte man sogar hinter vorgehaltener Hand, dass er nunmehr völlig durchgeknallt sei und sich seinen Hintern tätowieren ließe, weil Chantal das so liebte. Alois war ganz offensichtlich seiner blonden Leidenschaft mit Haut und Haar verfallen.

Die Firmenleitung schmiedete Pläne, die das kleine Wirtschaftsimperium vor solchen imagezerstörenden Einflüssen schützen sollten. Das Privatleben der beiden musste aus Prestige-Gründen heftig umgekrempelt werden.

Eines Tages wurden alle von der Mitteilung überrascht, dass Alois demnächst standesgemäß heiraten werde.

Da Chantal nicht ohne Weiteres gewillt gewesen war, ihren Platz zu räumen, hatte man eine beträchtliche Abfindung parat, sehr diskret versteht sich, und sie zog von dannen.

Alois heiratete die dicke Evi, Tochter des Besitzers der

hiesigen Hotelketten, ganze drei Stück am Platze, und damit zogen wieder Sitte und Anstand in Sulzerbach ein. Die beiden wurden zum Abbild wahren Familienglücks.

Alles schien in bester Ordnung. Über die Skandale wuchs langsam Gras und die dicke Evi beschäftigte die örtliche Presse mit ihrer Migräne und den Rasse-Hunden.

Doch was Chantal einmal in ihrem Besitz hatte, gab sie so schnell nicht mehr her.

Sie hatte sich, entgegen aller damaligen Stammtischwetten, sehr ruhig verhalten. Die Abfindung war offenbar hoch genug gewesen. Nichts schien die weitere Entwicklung des expandierenden Unternehmens zu gefährden, bis zum besagten Ereignis, in dessen Folge eine Verhandlung wegen sittenwidrigen Verhaltens stattfand.

Frau Knoppmeier beabsichtigte, mehrere Wochen zur Kur zu fahren. Bereits am ersten Abend des Alleinseins rief Chantal bei Alois an. Seine nie ganz erloschenen Liebesflammen loderten wieder auf und er teilte am nächsten Morgen dem Firmenvorstand mit, dass er eine Woche Skiurlaub an unbekanntem Aufenthaltsort verbringen wolle. Etwas verwundert wurde diesem Ansinnen zugestimmt.

Die wiedervereinten Turteltauben trafen sich in einem kleinen Ort, wo man solche Art von Prominenz nicht kannte und auch nicht erwarten würde. Deshalb achtete niemand auf das seltsame Paar.

Chantal nutzte jede Gelegenheit, um sich die Tätowierung, es war ein Schmetterling, auf Alois Hintern ausgiebig anzusehen. Wo sich das Pärchen aufhielt, konnte der Firmenvorstand eine Woche später durch die Presse erfahren. Ein kleiner Zeitungsartikel mit einem Amateurfoto prangte auf der ersten Seite.

Folgendes war geschehen: Die aufs neue Verliebten

verbrachten einen entzückenden Abend alleine in der Skipension. Chantal kochte, entgegen aller Gewohnheit, selbst und Alois genoss das Glück, das er heimlich wiedergefunden hatte.

Am Morgen auf der Piste meldete sich das Abendbrot in Alois plötzlich und so heftig, dass er keine Zeit mehr hatte, in die Pension zurückzukehren. Seitlich, etwas ins Gebüsch gehockt, wartete er geduldig der heftigen Dinge, die da kommen wollten. Chantal sah den Schmetterling im Sonnenlicht glitzern. Der Gedanke, diesem einen kräftigen Tritt für Feigheit und Untreue zu verpassen, so dass Alois mit nackten Hintern in den Schnee rutschen musste, tat ihr sehr gut. Wer genügend missgünstige Weiber um sich hat, braucht keine Feinde mehr.

Doch zu diesem Tritt sollte es nicht kommen. Vielleicht war dieser eine, aus tiefstem Herzen ausgesendete böse Gedanke derjenige, der die Lawine unguter Wünsche, die schon lange auf Alois lag, ins Rollen brachte.

Ängstlich um sich blickend, damit auch ja niemand seinem heftigen Drängen zusehen könne, vollführte Alois wohl zu starke ruckartige Bewegungen. Seine Ski gerieten ins Rutschen und ehe er es sich versah, war er in voller Fahrt. Gewohnheitsmäßig parierte er wie ein Profi. Er balancierte den plötzlichen Anschub gekonnt aus und raste, immer schneller werdend, mit splitterfasernacktem Hintern die Piste hinunter. Sehr zum Gaudi der anwesenden Urlauber. Der Schmetterling funkelte derweil fröhlich in der Sonne. Die heruntergerutschten Hosen störten wenig beim Versuch, die Balance zu halten. Chantal konnte es nicht fassen. Von diesem unerwarteten Anblick fasziniert, schaute sie dem halbnackten Mann offenen Mundes hinterher, genauso wie alle anderen Skifahrer. Durch den Schnappschuss eines Amateurfotografen wurde die

Sensation für die Presse perfekt.

Unten angekommen, störten die heruntergelassenen Hosen jedoch den Bremsvorgang so, dass sich Alois heftig in den Schnee setzte und ein Stück mitgeschleift wurde. Dieses bedauerliche Missgeschick bescherte dem Schmetterling schmerzliche Abschürfungen, die Alois aber erst wahrnahm, als er schon bäuchlings auf dem Sofa in der Pension lag und von Chantal teils liebevoll, teils hämisch umsorgt wurde.

Nur keinen Arzt holen. Diese Blamage! Tapfer ertrug er die brennenden Schleifspuren, um anonym zu bleiben. Einen kurzen Fall in den Schnee hatte Chantal ihrem Alois gegönnt. Doch das, was jetzt zu sehen war, ließ nie gekannte mütterliche Gefühle in ihr aufkeimen und sie betreute den Unglücksraben ganz liebevoll. Aufgrund des Aufsehens, dass diese ungewöhnliche Abfahrt heraufbeschworen hatte, entschlossen sich die beiden, schnell den Ort des Geschehens zu verlassen.

Stunden später suchte die Polizei mit Hilfe der örtlichen Presse nach einem unbekannten Sittenstrolch, der mit einem tätowierten Schmetterling auf dem nackten Hintern am helllichten Tage die Piste unsicher machte. Man mutmaßte hier das alkoholisierte Ergebnis einer Wette.

Sitzen war derzeit für Alois aus nachvollziehbaren Gründen nicht möglich. Auf der Rückbank seines Wagens kniend, dirigierte er das ganze Gefährt mit Chantal am Steuer zu einem abgelegenen Bauerngehöft, auf dem sein alter Schulfreund Jochen als Schriftsteller ein fast einsiedlerisches Junggesellendasein mit drei Katzen verbrachte. Der würde keine unangenehmen Fragen stellen. Er hatte ohnehin vor, mehrere Lesungen seines neuen Romans in verschiedenen Orten durchzuführen und verließ deshalb die beiden Unglückshühner kurz nach ihrer

Ankunft, wusste er doch damit auch seine Katzen in guter Gesellschaft.

Alois konnte weder Unterwäsche tragen noch irgendwie sitzen. Die ersten zwei Tage verbrachte er, mit einem langen Großvaternachthemd bekleidet, stehend oder auf dem Bauch liegend. Chantal kümmerte sich rührend um den lädierten Schmetterling.

Der Grind begann zu heilen und bald würde Alois wieder Hosen mit Slip darunter tragen können. Auch Sitzen und damit Autofahren würden bald wieder möglich sein. Diese Rechnung war jedoch ohne Kater Felix gemacht.

In Erwartung dieser alltäglichen Freuden begann der dritte Morgen auf dem Bauernhof. Die Katzen waren merkwürdig unruhig und gar nicht mehr so friedlich wie bei Jochens Anwesenheit. Mit Entsetzen stellte das Pärchen fest, dass Katzen ja auch ab und zu im Winter gefüttert werden müssen. Klar, Jochen hatte davon gesprochen.

Der langsam Genesende übernahm das Herrichten der Futternäpfe für die drei Stubentiger, da ihm leichte Bewegung schon wieder gut tat. Er ging in die Küche, holte Wasser und etwas Futter. Aufmerksam über die Näpfe gebeugt, goss er auch Milch ein.

Kater Felix war so glücklich über diese ersehnte Handlung, dass er zu schnurren begann und zwischen den stacheligen Waden des Hausgastes hin und her lief und sich den Katerkopf rieb. Dabei muss er über sich das schaukelnde Etwas im Dämmerlicht des Nachthemdes gesehen haben. Bei seinem guten Jagdtrieb waren hochspringen und hinein beißen nur Sekundensache.

Mit einem jämmerlichen Urschrei ging Alois in der Küche zu Boden. Unterdessen rannte der Kater aus der Küche hinaus und im Flur gegen die Chinavasen, die nacheinander krachend von der Kommode fielen.

Erschrocken über das plötzliche Tohuwabohu stürzte Chantal in die Küche. Alois lag wimmernd inmitten von Milch und Katzenfutter. Blut drang unter dem Nachthemd hervor und nun musste doch der Rettungsdienst alarmiert werden. Chantal telefonierte und empfing bis zum Eintreffen des Rettungshubschraubers, die Anweisungen des Einssatzleiters, damit sie fachmännisch erste Hilfe leisten konnte. Praktische Erfahrungen hatte sie bereits seit drei Tagen nachzuweisen.

Der Hubschrauber landete auf dem Hof und der Notarzt eilte unter Chantals Führung die Stiegen hinauf in die Küche. Hier wurde Alois edelstes Teil gekonnt mit Bandagen versorgt. Eine Spritze gegen Tollwut wurde vorsorglich gleich mit verabreicht. Zwei Sanitäter standen derweil mit der Trage an der Tür und litten beim Zuschauen die gleichen Qualen wie Alois, was man deutlich an ihren Gesichtern sehen konnte.

Der bedauernswerte Patient wurde aufgrund seiner Verletzungen leicht gekrümmt auf die Trage gelegt und schon ging es die engen Stiegen hinunter.

Um keine Zeit zu verlieren, fragte der vorangehende Notarzt, wie es denn zu diesen beiden schrecklichen Unfällen kommen konnte. Vom ersten hatte er bereits aus der Presse erfahren und schmunzelte gemeinsam mit seinen Kollegen heftig um die Wette.

Als Alois begann, sein zweites Missgeschick unter Schmerzensgestöhn plastisch zu schildert, konnten beide Träger vor Lachen nicht mehr an sich halten. Laut losprustend ging der vordere in die Knie. Dabei verkantete sich die Trage im Treppenhaus und Alois rutschte hilflos herunter. Laut polternd rumpelte er die Stiegen hinab. Vor der Eingangstür blieb er fast reglos liegen. Nur ein letztes verzweifeltes Aufstöhnen entrang sich seiner Brust.

Wie durch ein Wunder blieb die Wirbelsäule unversehrt. Es war nur ein Bein gebrochen, beide Daumen hatten Stauchungen erlitten. Die Nase konnte durch einen chirurgischen Eingriff wieder gerichtet werden. Der Schmetterling war allerdings unwiederbringlich futsch, sein edelstes Teil auch und die dicke Evi reichte die Scheidung ein.

Als er das Krankenhaus und den Gerichtssaal verlassen durfte, war Alois Knoppmeier wider Willen der bemitleidenswerteste Mensch der Umgebung geworden.

Die Damen beim Kaffeekränzchen lächelten befriedigt, da ihre heimlichen Wünsche auf seltsame Art und Weise in Erfüllung gegangen waren und am Stammtisch schlug man sich vor Lachen krachend auf die Schenkel.

Jana Heidler

Wahrnehmung ist Ansichtssache

Oh, ist das ein hübsches Mädchen, dachte Horatio, und sein Herz schlug ihm sofort bis zum Hals: *Ich muss sie ansprechen! Aber wie? Na ja, vielleicht beobachte ich sie erst einmal eine Weile.* Mit einigen Zentimetern Abstand trippelte er ihr hinterher, sodass er noch ihr seidenes Fell bewundern konnte, welches in den mannigfaltigsten Grauschattierungen glänzte.

Er war ein Mäuserich im besten Mannesalter, war recht groß für seine Art und ziemlich stark, konnte sogar eine Mausefalle wieder öffnen, nachdem sie zugeschnappt war. Auf diese Weise hatte er schon vielen seiner Geschwister und Anverwandten den Hals gerettet. Allein deshalb war er ein gefragter Heiratskandidat. Aber seine Traummaus hatte er leider nicht gefunden, bis jetzt, denn nun war sie vor ihm. Sie hatte ihn noch nicht bemerkt, hielt er sich doch im Verborgenen.

Abrupt blieb sie stehen, streckte ihr niedliches Näschen nach oben und schnüffelte, dass ihre wohlgeformten Tasthaare vibrierten. Rasch zog er sich in ein nahes Versteck zurück, in der Hoffnung, nicht entdeckt zu werden. Jedoch dergleichen hatte sie offenbar gar nicht im Sinn. Sie blickte zwar erst einmal umher, starrte allerdings anschließend in eine andere Richtung und zuckte kurz darauf zusammen.

Mit einem lauten „Miau" sprang eine Katze hervor und stellte sich der Maus entgegen. „Du bist ein köstlicher Leckerbissen! Du wirst meinem Frauchen sicherlich sehr munden. Ich nehme dich prompt so mit! Da können wir noch ein bisschen mit dir spielen, bevor wir dich verspeisen."

Umgehend schnappte das Raubtier nach dem vor Angst völlig erstarrten Mäusemädchen, packte es mit den Zähnen am Genick und sprang davon.

Vollkommen fassungslos sah Horatio dem Geschehen zu, welches er nicht verhindern konnte. Dennoch fasste er sich schnell wieder und folgte der Hauskatze in beinahe übermauslicher Geschwindigkeit durch den Garten, die Katzentreppe hinauf und durch das offene Fenster in die Wohnung hinein, wo der Räuber seine Beute fallen ließ und deutlich hörbar miauend auf seine Ankunft aufmerksam machte.

Benommen blieb die Maus liegen. Der Mäuserich befürchtete bereits, seine geplante Rettung würde zu spät kommen. Erfreulicherweise konnte er jedoch riechen, dass sie noch am Leben war. Sie war lediglich durch den Schock in Ohnmacht gefallen. Am liebsten wäre er auf der Stelle zu ihr gelaufen und hätte sie mit sich genommen. Allerdings traute er sich noch nicht, näher zu kommen, da der Fleischfresser dort wachte. Seine Chance ergab sich zum Glück, als die Besitzerin des Beutegreifers den Raum betrat.

„Was ist denn los, Minka", rief die, mit einer Schürze bekleidete und mit Ofenhandschuhen bewaffnete, ältere Dame. Dann erblickte diese das Mitbringsel, das die Katze stolz präsentierte, sprang mit einer ungeahnten Leichtigkeit auf den nächsten Stuhl und begann, schrill zu schreien: „Igitt, eine Maus! Bring die weg! Bring die weg!"

Der ohrenzerfetzende Tonfall erschreckte Minka dermaßen, dass jene unkontrolliert durchs Zimmer brauste und zum Fenster hinausstürmte, während die bewusstlose Maus erwachte. Das dabei entstandene Chaos nutzte Horatio postwendend, flitzte zu seiner Angebeteten und zerrte das reichlich verwirrte Mädchen ebenfalls ins Freie hinaus und ins nächste Versteck hinein.

Beide atmeten erleichtert auf – bis sie von hinten ein leises Zischen vernahmen: „Oh, welch Leckerbissen! Ich sehe die Hitze eurer Körper und rieche euer köstliches Fleisch!"

Augenblicklich schnappte er sich erneut seine Auserwählte und floh, gerade als die Schlange vorstieß, um sie beide zu fassen. Gemeinsam rannten und rannten sie, bis tief in Horatios Nest hinein, in dem sie sicher waren.

Wenige Wochen später, konnte man daraus mehrstimmige Pieptöne hören, die eifrig „Mama" und „Papa" riefen.

Iris Fritzsche

Die Zecke

Es saß im Gras die kecke Zecke
und dacht: Wenn ich die Menschen necke,
dann haben wir gemeinsam Spaß.

Sie sprang ihr an die Waden
und wollte sich gerade laben,
da rutscht sie ab, oh welche Pein,
's war ein glattrasiertes Damenbein.

Darauf versucht sie's bei 'nem Mann,
da kam sie ebenso schlecht ran.
Bei ihm war es doch ziemlich hart,
die Waden waren stark behaart.

Verzweifelt sucht sie neue Speisen
und sie entschließt sich ganz spontan:
Ich steige um und leb vegan.

Michael Gimmel

Lied der jungen Naturforscher
(fortschrittliches Jugendlied)

An dem Berg in einer Hecke
lauert still die Alpenzecke.
Wartet bis ein Wandrer kommt,
stürzt sich gierig auf ihn, prompt.
saugt sich voll mit seinem Blut,
selig seufzend: "Tut das gut!"
Als der merkt, dass es ihn zwickt,
dreht heraus er sie, geschickt.

Wirft sie auf den Boden, platsch,
und zertritt sie dort zu Matsch.
Rücksichtslos schlägt er sie tot
und der Waldweg färbt sich rot.
Dann nach ein paar weitern Tagen
sieht der Jäger das beim Jagen.
ruft: "Weh mir, verfluchter Ort,
was geschah hier für ein Mord?

Denn das weiß ich nur zu gut,
dieses hier ist Menschenblut!"
Merke auf, oh Wandersmann,
wie man sich doch täuschen kann:
Wer Weisheit löffelweis' gefressen,
ist schnell dem Trugschluss aufgesessen.
Tiefe Kenntnis der Natur
schützt vor einem Irrtum nur!

Jacqueline Zöllner

Ungehörte Hilferufe

Wie viele von uns sind glücklich? Wie viele von uns sind ihr ganzes Leben lang einsam und allein? Wie viele von uns haben die Ehre, eine Familie schützen zu dürfen? Wie viele von uns haben einen Ort, an den sie gehören – ein Zuhause? Wie viele von uns müssen leiden?

Die meisten von euch denken, unser Hundeleben sei einfach. Wenn ihr wüsstet! Genau wie ihr haben wir jeder eine Aufgabe zu erledigen. Die eine ist leichter, die andere schwerer. Unser Schicksal ist von Geburt an vorbestimmt. Doch, was ist, wenn sich eine Kleinigkeit verändert, die so nicht vorhergesehen war?

Als ich im Sommer vor fünf Jahren geboren wurde, wusste ich noch nicht, welches Schicksal mich erwarten würde. Niemand konnte mich darauf vorbereiten. Doch ihr sollt erfahren, was ich erlebt habe.

Die Familie, bei der ich die ersten Tage nach meiner Geburt verbrachte, war sehr tierlieb. Das noch sehr junge Ehepaar lebte mit ihrer kleinen Tochter und meiner Mama – einer Dalmatinerhündin – in einem großen Haus mit Garten am Rande einer lauten Stadt. Als der Familienvater meine Mama bei sich aufnahm, wusste er nicht, dass sie trächtig war und somit in Kürze meine Geschwister und mich bekommen sollte. Deshalb erlebte die Familie eines Tages eine große Überraschung, als plötzlich fünf kleine Dalmatinerwelpen auf dem Küchenteppich neben ihrer Hündin lagen. Zuerst freuten sie sich riesig über den Zuwachs.

Doch als wir ein paar Wochen älter waren und anfingen, neugierig die Wohnung zu erkunden und es dabei auch passierte, dass Dinge kaputt gingen, wurde die Familie zunehmend wütend auf uns. Und so beschlossen sie, uns wegzugeben.

Von nun an kamen jeden Tag zahlreiche Menschen, um uns kennenzulernen. Anfangs versuchte Mama, uns vor den Fremden zu beschützen, aber irgendwann sperrte die Familie sie in ein anderes Zimmer. Meine Geschwister und ich waren auf uns allein gestellt. Wir hörten Mama laut und ängstlich bellen, aber wir konnten ja nicht zu ihr, egal, wie sehr wir uns anstrengten, an der Tür zu kratzen.

„Mama, ich hab Angst", rief eine meiner Schwestern.

„Die wollen uns mitnehmen", sagte mein einziger Bruder voller Furcht.

„Hilf uns", flüsterte ich, obwohl ich wusste, dass sie es nicht konnte.

Dieses Kommen und Gehen ging ganze zwei Wochen so weiter. Die Erste, die von uns getrennt wurde, war Luna. Sie war die Kleinste, meiner Geschwister, aber auch die Ruhigste. Sie kam in eine gute Familie, das wusste ich sofort, als ich die Frau roch, die meine Schwester mitnahm. Luna blickte von dem Arm der Frau traurig zu uns zurück, aber sie jaulte nicht. Sie war stark – für uns.

Meine anderen beiden Schwestern hatten Glück und konnten zusammenbleiben. Auch ihre neue Familie schien nicht unfreundlich zu sein. Und schließlich waren nur noch mein Bruder und ich übrig. Abends durften wir wieder zu unserer Mama, aber sie war so in Trauer um unsere Schwestern versunken, dass sie uns gar nicht richtig bemerkte. Erst als auch mein Bruder nicht mehr da war, wachte Mama auf.

„Oh, Sammy, es tut mir so leid", sagte sie und stupste mich sanft an, als wir zusammen in unserem Hundekorb lagen.

„Mama, ich hab Angst", winselte ich und schmiegte mich an sie.

„Ich weiß, ich weiß", erwiderte Mama leise. „Aber du bist stark, das weiß ich auch. Und eines Tages werden wir uns wiedersehen, das verspreche ich dir."

„Ich bin nicht stark", sagte ich verzweifelt.

„Doch, das bist du. Nur begreifst du es noch nicht. Hör zu, egal wo du einmal sein wirst, bleib du selbst und beschütze die, die dir am Herzen liegen, beschütze deine Familie. Gib die Hoffnung und den Mut nicht auf. Ich glaube fest an dich."

In diesem Moment wusste ich noch nicht, was meine Mama schon längst begriffen hatte.

Es hatte einen Grund, warum ich der Letzte von uns war, der noch kein neues Zuhause bekommen hatte. Mein Fell hatte fast keine schwarzen Tupfen. Ich wusste nicht, warum das schlecht sein sollte, aber ich hörte die Familie über mich reden.

Ihr Dummköpfe! Denkt, dass wir euch nicht verstehen, dabei kennen wir euch oft besser als die Menschen um euch herum.

„Wir werden ihn nicht vermitteln können", sagte der Vater. „Er ist nicht auffällig genug."

„Ich weiß", meinte seine Frau. „Aber behalten können wir ihn auch nicht. Er hat meine Lieblingsvase kaputtgemacht!"

Das war ein Versehen! Ich hatte es nicht mit Absicht gemacht!

Der Vater sprach: „Ich habe einen Plan, sei unbesorgt. Morgen werden wir wieder Ruhe haben."

„Und was ist das für ein Plan?", hakte seine Frau nach.

Ich konnte sowohl ihre Hoffnung als auch ihre Skepsis riechen.

„Er wird ein Zuhause finden. Komm mit", antwortete er ausweichend.

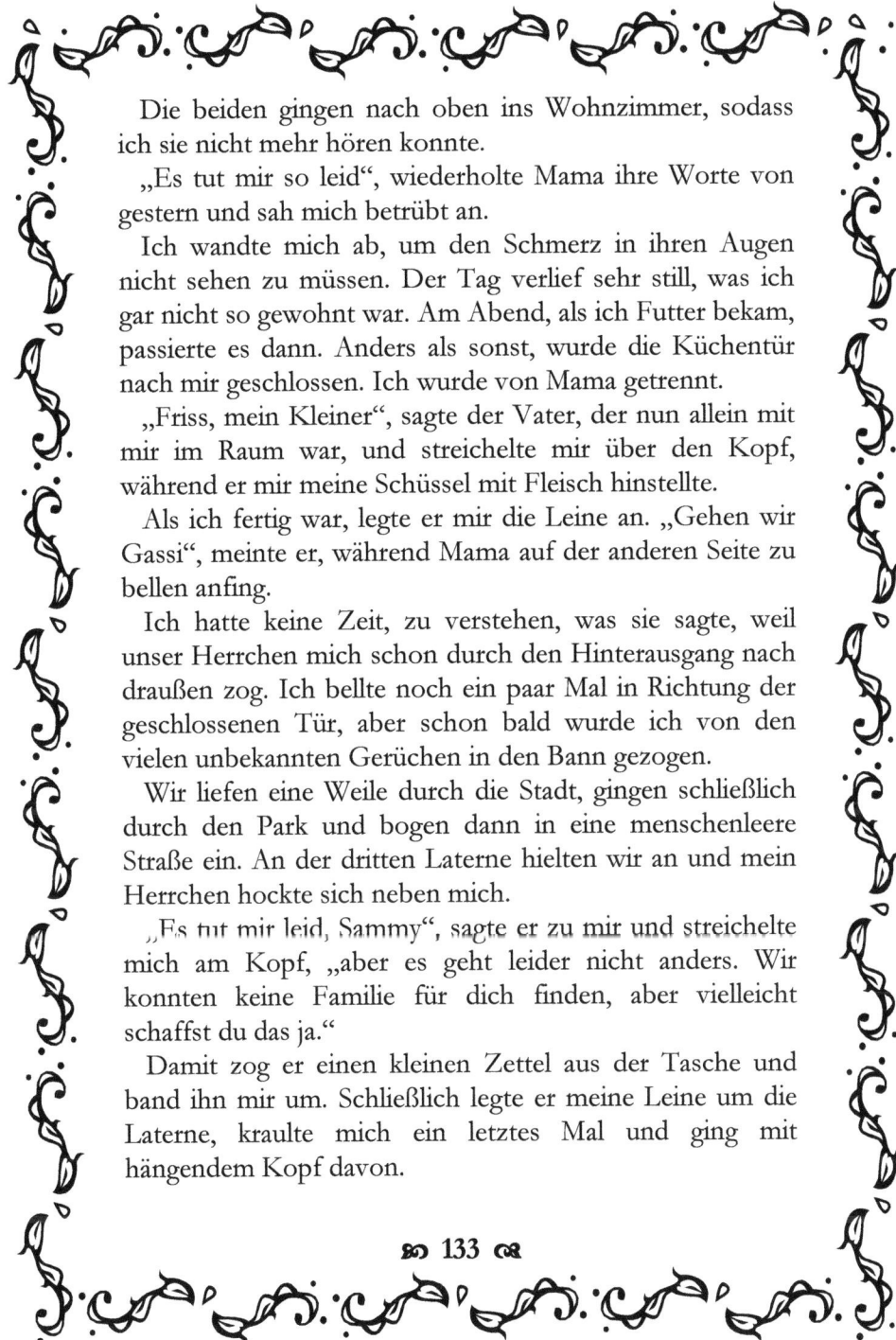

Die beiden gingen nach oben ins Wohnzimmer, sodass ich sie nicht mehr hören konnte.

„Es tut mir so leid", wiederholte Mama ihre Worte von gestern und sah mich betrübt an.

Ich wandte mich ab, um den Schmerz in ihren Augen nicht sehen zu müssen. Der Tag verlief sehr still, was ich gar nicht so gewohnt war. Am Abend, als ich Futter bekam, passierte es dann. Anders als sonst, wurde die Küchentür nach mir geschlossen. Ich wurde von Mama getrennt.

„Friss, mein Kleiner", sagte der Vater, der nun allein mit mir im Raum war, und streichelte mir über den Kopf, während er mir meine Schüssel mit Fleisch hinstellte.

Als ich fertig war, legte er mir die Leine an. „Gehen wir Gassi", meinte er, während Mama auf der anderen Seite zu bellen anfing.

Ich hatte keine Zeit, zu verstehen, was sie sagte, weil unser Herrchen mich schon durch den Hinterausgang nach draußen zog. Ich bellte noch ein paar Mal in Richtung der geschlossenen Tür, aber schon bald wurde ich von den vielen unbekannten Gerüchen in den Bann gezogen.

Wir liefen eine Weile durch die Stadt, gingen schließlich durch den Park und bogen dann in eine menschenleere Straße ein. An der dritten Laterne hielten wir an und mein Herrchen hockte sich neben mich.

„Es tut mir leid, Sammy", sagte er zu mir und streichelte mich am Kopf, „aber es geht leider nicht anders. Wir konnten keine Familie für dich finden, aber vielleicht schaffst du das ja."

Damit zog er einen kleinen Zettel aus der Tasche und band ihn mir um. Schließlich legte er meine Leine um die Laterne, kraulte mich ein letztes Mal und ging mit hängendem Kopf davon.

Er ließ mich allein zurück? Ich bellte ihm laut hinterher, aber er reagierte nicht. Ich zerrte an meiner Leine, doch sie gab nicht nach. Was sollte das? Wieso ließ er mich hier? Verzweifelt kämpfte ich weiter gegen die Leine, aber ich schaffte es nicht. Nach einer gefühlten Ewigkeit wurde mir klar, dass mein Herrchen nicht zurückkommen würde und ich gab auf. Ich winselte leise und rollte mich einsam vor der Laterne zusammen. In der Ferne erklang Gebell, aber es war zu weit weg, als dass ich verstehen konnte, was gesagt wurde.

Trotzdem sprang ich auf und rief: „Mama? Mama!" Aber die Antwort war Stille. Ich zog mich wieder zurück.

Irgendwann gingen die Laternen aus und die Dunkelheit hüllte mich ein. Es war die schlimmste Nacht meines Lebens. Das dachte ich zumindest.

Am nächsten Morgen wachte ich traurig und immer noch allein an der Laterne auf. Keine Menschen weit und breit. Warum wollte mich die Familie loswerden? Ich sehnte mich nach Mama, nach meinen Geschwistern, nach einem Zuhause …

Auf einmal kam eine ältere Dame auf mich zu. Ich hatte sie gar nicht kommen sehen. Soweit es meine Leine zuließ, lief ich in ihre Richtung und setzte mich dann auf den Gehweg.

„Was machst du denn hier, du kleines Hündchen? Wer lässt denn so einen niedlichen Welpen einfach hier?", sagte sie und hockte sich vor mich hin. Sie kraulte mich erst am Kopf und dann auf dem Rücken, während sie mit der anderen Hand den Zettel von meinem Hals nahm und ihn vorlas: „Bitte kümmern Sie sich gut um mich!"

Ich beschnüffelte die Hand der Frau ausgiebig und beschloss dann, dass ich ihr vertrauen konnte. Sie roch ein bisschen nach Trauer und Einsamkeit, aber ich mochte sie irgendwie und sie hatte Hunde offenbar sehr gern.

„Ach du Armer", sagte sie und machte sich daran, die Leine von der Laterne lösen, „jetzt ist es vorbei. Bei mir wirst du es gut haben. Komm, wir bringen dich zu deinem neuen Zuhause."

Das brauchte sie mir nicht zweimal zu sagen. Brav ging ich neben ihr her und sah immer wieder zu ihr auf. Sie lächelte vor sich hin

Auf dem Weg zum Haus der Dame hielten wir kurz an einem Geschäft, wo man alles für Haustiere bekommen konnte. Sie kaufte ein Körbchen für mich, Hundefutter samt Napf und alles, was Hunde sonst noch brauchten. Sogar eine Kuscheldecke bekam ich.

Nach einer Weile war es dann endlich soweit. Ich lernte mein neues Heim kennen. Das Haus war am Rande der Stadt und hatte einen riesigen Garten, der an ein noch größeres Feld und einen Wald grenzte. Das Erste, was mir auffiel, waren die vielen bunten Blumen. Nachdem mein neues Frauchen das Gartentor hinter uns geschlossen hatte, ließ sie mich von der Leine und ich stürmte direkt auf diese vielen unterschiedlichen Düfte zu und schnüffelte. Ich hörte die freundliche Dame hinter mir leise lachen und blickte mich zu ihr um. Sie ging gerade zur Tür.

Na komm, du Racker", rief sie, woraufhin ich freudig bellte und zu ihr rannte.

Nachdem sie die Tür aufgeschlossen hatte, betrat ich langsam das Haus. Es roch überall nach meinem neuen Frauchen, aber auch nach Trauer und Einsamkeit. Ich folgte der Dame nach rechts in einen kleinen Raum – die Küche, wie ich schnell herausfand –, wo sie die Einkäufe abstellte und auspackte.

„Du hast bestimmt Hunger, oder?", sagte sie, füllte den neuen Napf mit Hundefutter und stellte ihn dann vor mich. Oh ja, dachte ich mir und begann zu fressen.

„Wie heißt du eigentlich?", fragte mein Frauchen, setzte sich auf einen Stuhl und begann, mich zu kraulen. „Oskar?" Falsch geraten. Da ich nicht reagierte, sondern genüsslich weiterfraß, versuchte sie es noch einmal: „Max?" Auch nicht. „Kalle. Nein? Hm... dann vielleicht Sammy?"

Ich hörte auf zu essen, bellte und wedelte mit dem Schwanz.

So heißt du also", sagte sie und lachte, „Ich bin Elisa."

Sie stand auf und verließ das Zimmer. Da ich mit meinem Frühstück fertig war, folgte ich ihr. Sie ging zuerst in das Zimmer gegenüber und öffnete das Fenster. Es war das Wohnzimmer, aber es war etwas chaotisch, denn überall lagen Bücher und Sachen herum. Das schien Elisa aber wenig zu stören, denn sie hob nur ein paar Zeitungen vom Boden auf und stellte dann meinen Hundekorb dorthin. Dann nahm sie sich meine Kuscheldecke und ging die Treppe nach oben ins Schlafzimmer. Auch hier öffnete sie das Fenster und legte die Decke darunter. Dann stöberte sie in ihrem Kleiderschrank und ich erkundete das Haus allein weiter.

Der angrenzende Raum war ein kleines Badezimmer mit blauen Fliesen. Ich schnüffelte kurz am Schrank, fand aber nichts Interessantes und verließ das Bad wieder. Auf der gegenüberliegenden Seite war ein Zimmer, dessen Tür verschlossen war. Ich stellte mich auf die Hinterbeine, erreichte die Klinke jedoch nicht. Deshalb bellte ich und setzte mich wartend vor die Tür. Als Elisa kam, blickte ich sie mit großen Augen an. Sie verstand sofort.

„Sammy", meinte sie mit einem kleinen Lächeln und öffnete die Tür, „du willst also mein Lieblingszimmer sehen."

Als ich das Innere des Raumes erblickte, fehlten mir die Worte. Überall standen oder hingen selbst gemalte Bilder, auf dem Boden standen Farbtöpfe und auch der Tisch war voll mit Farben und Stiften. Eines der Bilder, die an die Wand gelehnt waren, gefiel mir besonders, denn es zeigte eine bunte Blumenwiese. Obwohl es *nur* ein Bild war, fühlte ich die Weite und die Freiheit, und das ließ mich staunen.

„Sammy, komm" rief Elisa, „ich will nicht, dass etwas kaputt geht."

Ich folgte ihr nach draußen in den Flur und sie schloss die Tür wieder. Da ich oben alles gesehen hatte, lief ich die Treppe wieder hinunter. Neben der Küche fand ich allerdings nur noch eine sehr verlockende Speisekammer, aus der Elisa mich nur schwer wieder herausbekam.

Die nächsten Tage verbrachten Elisa und ich viel mit ausgedehnten Spaziergängen oder Toben auf dem Feld. Sie war nicht mehr die Jüngste, aber das merkte man ihr beim Spielen nicht an. Natürlich dachte ich auch oft an meine Geschwister und meine Mama, doch ich hatte mich lange nicht mehr so frei gefühlt.

Nach ungefähr drei Wochen hatte ich mich bei meinem neuen Frauchen gut eingelebt und wir fühlten uns beide sehr wohl. Was mir auffiel, war, dass Elisa fast nie Besuch bekam. Seit ich bei ihr war, war nur ihre Enkelin Luisa einmal hier gewesen. An diesem Tag erfuhr ich, warum Elisa oft nach Traurigkeit roch – vor zwei Monaten war Elisas Mann gestorben. Seitdem hatten sich Elisa und ihre Tochter – Luisas Mama – oft gestritten und vermieden nun den Kontakt. Das war traurig, denn manchmal erlebte ich, wie Elisa einsam in ihrem Schlafzimmer saß und weinte.

Ich rollte mich dann immer neben ihr zusammen, um sie zu trösten.

Es passierte nicht oft, aber manchmal benahm sich mein Frauchen irgendwie seltsam. Sie murmelte immer wieder vor sich hin, dass sie versagt habe, und blickte sich panisch um, wenn sie mit mir spazieren ging. Ihre Angst hatte einen stechenden Geruch, der mir überhaupt nicht gefiel. Ich wusste in diesen Momenten auch nicht, wie ich mich ihr gegenüber verhalten sollte, da sie sogar erschrak, wenn ich sie anstupste. Doch meistens war sie am nächsten Morgen wieder fröhlich – so wie an diesem Tag.

Wir machten einen ausgedehnten Spaziergang zum Fluss, denn vor kurzem erst hatte ich meine neue Leidenschaft gefunden. Ich liebte es, im Wasser zu planschen!

Wir waren noch gar nicht so lange am Fluss, als ich es hörte: Das Winseln mehrerer junger Welpen. Ich schaute mich um und fand sogleich den Ursprung der angsterfüllten Rufe. Auf dem Fluss trieb ein zugebundener brauner Sack, der nur noch zur Hälfte über Wasser war. Elisa hatte es auch gesehen.

„Oh nein!", rief sie. „Hilfe! Helft doch!"

Ich sprang ins Wasser und paddelte, so schnell ich eben konnte, in Richtung des Beutels.

„Hilfe!", ertönte es daraus, sowie: „Ich hab Angst." und „Wir ertrinken!".

Ich blickte kurz zurück zum Ufer, um nach Elisa zu sehen und bemerkte, dass ein junger Mann auf ihre Rufe reagiert hatte und auf den Sack zu schwamm. Als ich mich wieder auf mein Ziel konzentrierte, bemerkte ich, dass die jungen Hunde schon wieder weiter weg waren und ich paddelte schneller.

„Ich komme", rief ich. „Haltet durch!"

Der Mann war jetzt genauso weit von dem Sack entfernt wie ich. Gleichzeitig griff er nach dem Beutel und ich packte ihn mit meiner Schnauze.

„Hey, gut gemacht", sagte er zu mir und strich mir über den Kopf. „Bist ein kleiner Held, was?"

Er nahm den Sack und Seite an Seite schwammen wir zum Ufer zurück.

„Ihr habt es gleich geschafft", sagte ich zu den Welpen. „Gleich seid ihr in Sicherheit."

Am Ufer angekommen, gab mir Elisa sogleich eine Handvoll Leckerlis.

„Oh Sammy", meinte sie liebevoll, „das war großartig."

Der Mann öffnete in der Zwischenzeit den Beutel. Zum Vorschein kamen fünf kleine, pitschnasse und völlig erschöpfte Golden Retriever.

„Bist du unser Retter?", fragte ein Mädchen.

„Ja", antwortete ich und stupste sie an. „Ich bin Sammy."

„Danke", sagte sie leise.

„Ach, sind die niedlich", rief Elisa entzückt.

„Ja, das sind sie", stimmte der Mann zu, „aber was machen wir jetzt mit ihnen?"

„Ich werde mich um die Kleinen kümmern", sagte mein Frauchen.

„In Ordnung", meinte der Mann und nickte, „Dann gebe ich der Polizei Bescheid."

„Einverstanden. Die Kleinen werden es gut bei mir haben."

Die beiden klärten noch einige Dinge, während ich mich zu den fünf Welpen legte und sie mit meinem Körper wärmte. Nach einiger Zeit hatten sie sich beruhigt und schliefen selig. Die Polizei kam und sprach mit Elisa. Dann holten sie mehrere Transportboxen aus ihrem Auto. Mein Frauchen erklärte mir, dass die Polizisten uns alle zusammen nach Hause fahren würden. Weil sie bemerkt hatte, dass ich einen Draht zu den Kleinen hatte, bat sie mich, die Kleinen in die Boxen zu locken. Sie waren müde, aber hatten keine Angst mehr und vertrauten mir.

Zu Hause angekommen, führte ich die Kleinen zu meinem Körbchen, wo sie sich zusammenkuschelten und wieder einschliefen. Elisa befahl mir, auf die fünf aufzupassen und ging noch einmal los, um frisches Hundefutter zu kaufen und ein eigenes Körbchen für die Welpen. Allerdings hatte ich nicht viel zu tun, denn erst am Nachmittag wurden die Kleinen aktiv. Elisa hatte für jeden einen Futternapf gekauft und da wir nach diesem Tag alle Hunger hatten, drängten wir uns in die Küche zum Fressen. Unser Frauchen saß auf einem Küchenstuhl und beobachtete uns.

„Sammy", sagte das Mädchen, was auch am Fluss schon mit mir gesprochen hatte, als ihr Napf leer war, „wir können dir gar nicht genug danken."

„Ja, du hast uns das Leben gerettet", stimmte einer der Jungen zu.

Die drei anderen bellten.

„Dafür habe ich jetzt fünf Freunde gefunden", meinte ich und die Kleinen schmiegten sich an mich. Im Grunde war ich ja auch noch ein Welpe, aber in diesem Moment fühlte ich mich wie Vater und großer Bruder zugleich. Mama wäre stolz auf mich, dachte ich.

„So meine Süßen", sagte Elisa da und erhob sich, „jetzt geht es nach draußen zum Spielen."

Sie ging zur Haustür und öffnete sie. Ich folgte ihr und flitzte nach draußen. Bevor die anderen mir folgen konnten, bekam jeder von ihnen von Elisa ein Halsband mit einem Anhänger, auf dem Namen standen.

„Luna", sagte unser Frauchen, und das Mädchen, das mir vorhin gedankt hatte, kam mit Halsband heraus.

„Bin ich nicht hübsch?", fragte sie und dreht sich, um mir das Halsband zu zeigen.

„Liss", meinte Elisa und das zweite Mädchen folgte ihrer Schwester.

„Max und Timmy", sprach unser Frauchen und die fast gleich aussehenden Brüder traten ins Freie. „Und zum Schluss noch Don."

Ich bellte. *Don* passte wirklich ausgezeichnet. Er hatte das dunkelste Fell und schien gern den Chef spielen zu wollen. Im Moment aber war mir das egal. Jetzt wollten wir einfach nur das Erlebnis von heute Morgen vergessen und so hatten wir unseren Spaß beim Toben.

Am Abend, als meine Schützlinge schon schliefen, sah ich noch einmal nach Elisa. Ich fand sie im Schlafzimmer auf dem Bett sitzend. Sie hielt ein Wasserglas, eine kleine blau-weiße Schachtel und eine Tablette in der Hand. Mit der Schnauze schob ich die Tür auf und setzte mich neben das Bett. Als sie mich bemerkte, stellte sie das Wasserglas auf ihren Nachttisch und legte die Schachtel und die Tablette beiseite. Traurig sah sie mich an. Ich legte den Kopf schief.

Warum war Elisa denn traurig? Sie schien doch heute so glücklich. Und warum nahm sie Tabletten? War sie krank?

„Ach, Sammy", sagte sie und streichelte meinen Kopf. „Ich fühle mich nicht gut."

Ich winselte, weil ich wissen wollte, warum.

„Ich fühle mich so niedergeschlagen", sagte sie leise und mehr zu sich selbst als zu mir. „Hab ich die richtige Entscheidung getroffen, die Kleinen aufzunehmen? Ich habe solche Angst."

Ihre Hand begann zu zittern und ich stupste sie an. Was war nur los mit ihr? Sie hatte doch sonst immer so viel Lebensenergie – wo war die auf einmal hin?

Elisa legte sich hin und war auch schon kurz darauf eingeschlafen. In dieser Nacht ließ ich sie nicht aus den Augen.

Ich hatte gedacht, dass es ihr am nächsten Tag besser ginge, aber ich hatte mich getäuscht. Es war das erste Mal, dass es Elisa so richtig schlecht ging. Sie war unruhig und aß fast nichts, sie hatte Schwindelanfälle und stützte sich oft an den Möbeln ab. Nach dem Mittag saß sie lange am Küchentisch und murmelte vor sich hin, dass sie alles falsch gemacht hätte.

Die Welpen bekamen davon nichts mit, sie spielten den ganzen Tag miteinander, aber ich blieb bei meinem Frauchen und versuchte, sie auf andere Gedanken zu bringen. Doch es half nichts.

Als das Telefon klingelte, sprang sie erschrocken auf.

„Nein", rief sie aus, immer und immer wieder. Ich sah sie verwirrt an. Wollte sie denn nicht rangehen?

„Sie werden mich nie wieder sehen wollen", sagte sie verzweifelt. Sie werden nicht wiederkommen. Sie lassen mich allein." Und dann fing sie an zu weinen.

In diesem Moment machte mein Frauchen mir so sehr Angst, dass ich nach oben lief und mich im Badezimmer verkroch. Ich wollte, dass das aufhörte. Ich wollte, dass sie wieder meine Elisa wurde, die fröhlich mit mir spazieren ging und mit mir Tauziehen spielte. Hatte ich etwas falsch gemacht? Oh, wie schön wäre es jetzt, wenn ich mich an Mama kuscheln könnte!

Da fiel mir etwas auf. Eine kleine blau-weiße Schachtel. Elisa hatte sie gestern in der Hand gehabt, als sie so traurig auf dem Bett saß. Sie hatte die Tablette nicht genommen, fiel mir ein. Vielleicht halfen die Tabletten ja gegen das, was mein Frauchen hatte. Ich schnappte mir die Schachtel, lief wieder nach unten und fand Elisa angsterfüllt am Tisch sitzen, den Kopf in die Hände gestützt. Ich ließ die Schachtel vor ihre Füße fallen und sie sah auf. Zuerst war ihr Blick fragend, dann erkannte sie die Schachtel.

„Danke", sagte Elisa leise und nahm eine Tablette aus der Schachtel. Sie zog sich ins Schlafzimmer zurück und als sie am Abend wieder herunter kam, war sie wieder die Alte. Ich war so erleichtert, dass ich freudig bellte und sie umkreiste. Auch die Welpen waren wieder da und tollten um sie herum. Elisa lachte. Das Telefon klingelte erneut, doch diesmal hatte sie sich im Griff und nahm ab.

„Ja, hallo?", meldete sie sich.

Die Stimme auf der anderen Seite erwiderte etwas. Elisas Augen wurden groß.

„Maria? Du?", fragte sie erstaunt. Wieder eine Antwort.

„Klar, kannst du vorbeikommen. Ich würde mich sehr freuen." Eine Pause.

„Nein, ich war einkaufen, deshalb habe ich wohl nicht mitbekommen, dass du schon einmal angerufen hast."

Einkaufen? Elisa war doch heute gar nicht einkaufen? Wer war das am Telefon, dass sie log?

„Gut. Bis morgen." Elisa legte auf.

„Wir bekommen morgen Besuch", meinte sie und hob Luna glücklich auf.

Am nächsten Tag nach dem Mittag klingelte es an der Tür. Es war eine große Frau mit langen schwarzen Haaren und freundlichem, aber ernstem Gesicht.

„Maria!", rief Elisa freudig und umarmte die Frau.

„Hallo Mama", sagte die Frau.

Natürlich, dachte ich mir, Maria war Elisas Tochter. Ich bellte zur Begrüßung und Maria bekam große Augen.

„Du hast einen Hund?", fragte sie Elisa, „Davon hast du mir ja nie etwas erzählt."

Ich ging auf sie zu und beschnüffelte sie.

„Ja, das ist Sammy. Du hast ja lange nichts von dir hören lassen", sagte mein Frauchen und winkte ihre Tochter herein.

„Nun, ich war sehr beschäftigt", meinte diese ausweichend.

Ich hörte, wie die Welpen im Wohnzimmer spielten. Luna bellte, als Don sie durch den Flur und in die Küche jagte.

„Du hast noch mehr Hunde", wollte Maria ungläubig wissen.

„Ja", antwortete Elisa schlicht, „Komm, ich mach uns einen Tee."

Sie gingen in die Küche.

„Jungs", rief ich, „Luna, Liss."

Sofort kamen die fünf aufgeregt bellend zu mir in den Flur.

„Elisa hat Besuch. Wir müssen uns von unserer besten Seite zeigen, also beruhigt euch ein bisschen, ja?"

„In Ordnung", sagte Liss. „Los, kommt, gehen wir ins Wohnzimmer."

Die fünf verzogen sich. Ich trottete in die Küche und legte mich neben Marias Füßen nieder.

Sie begann, mich hinter den Ohren zu kraulen. Elisa nahm zwei Tassen und die Teekanne und stellte alles auf den Tisch. Dann setzte sie sich ihrer Tochter gegenüber.

„Mama", fing Maria unbeholfen an, „wir müssen reden."

„Du hast zwei Monate nicht mit mir gesprochen! Was gibt es ausgerechnet jetzt so Wichtiges, dass du gleich vorbeikommst?", sagte Elisa. Ich spürte ihre Angst, was jetzt kommen würde.

„Genau deshalb bin ich hier. So kann es doch nicht weitergehen. Wie geht es dir ohne Papa?"

„Ich komme schon klar", meinte Elisa.

„Möchtest du nicht lieber, dass sich jemand um dich kümmert?"

„Du willst bei mir wohnen?", fragte Elisa hoffnungsvoll.

„Nein", sagte Maria und fügte dann vorsichtig hinzu: „Ich dachte eher, dass du in eine Wohngemeinschaft ziehst."

Elisa stand abrupt auf. „Du willst mich ins Altersheim stecken?", fragte sie entsetzt.

Ich ging zu ihr und schmiegte mich an ihre Beine, um sie zu beruhigen.

„Nun, so würde ich es nicht nennen", sagte Maria ausweichend und sah weg.

„Genau, das ist es doch!", rief Elisa.

„Schau Mama, ich hab keine Zeit, mich um dich zu kümmern."

Elisa setzte sich wieder. „Bist du nur gekommen, um mir das zu sagen?"

Maria zögerte. „Ich wollte dir diesen Vorschlag machen", meinte sie schließlich.

„Danke. Aber ich verzichte", sagte sie entschieden.

„Luisa und ich werden umziehen, Mama. Ich habe eine neue Arbeit gefunden. Wie ich schon sagte, ich werde keine Zeit mehr haben, dich zu besuchen."

Elisa schwieg. Sie kämpfte mit ihren Gefühlen. Ich roch Wut, Verzweiflung und Angst.

„Überlege es dir bitte", meinte Maria schließlich und stand auf. „Ich ruf dich an, ja?"

Elisa reagierte nicht. Sie blieb einfach sitzen und starrte auf den Tisch.

„Ich werde jetzt gehen, Mama. Bis bald."

Als Maria die Haustür hinter sich schloss, brach Elisa in Tränen aus. Ich winselte und versuchte verzweifelt, sie zu trösten, aber es half nichts. Die Welpen kamen und legten sich wortlos dazu. So blieben wir eine ganze Weile zusammen, bis Elisa uns schweigend Futter gab. Dann zog sie sich für den Rest des Tages in ihr Malzimmer zurück.

Ab diesem Tag nahm das Schicksal seinen Lauf.

Elisa war sehr unglücklich nach Marias Besuch. Ihre Familie hatte sie im Stich gelassen, sie fühlte sich einsam und suchte Trost bei uns Hunden. Sie machte es sich zur Aufgabe, alle Tiere bei sich aufzunehmen, deren Besitzer sich nicht mehr um sie kümmerten. Deshalb gingen wir oft ins Tierheim und fast jedes Mal wuchs unsere Familie um einen neuen Hund an.

In dieser Zeit verstand ich, was meine Aufgabe war, denn es gab nicht selten einen Streit unter uns. *Beschütze die, die dir am Herzen liegen*, hatte Mama gesagt. Ich gab mein Bestes, dass es allen gut ging und jeder einen Platz zum Essen und zum Schlafen bekam.

Nach zwei Jahren, die ich bei Elisa verbracht hatte, waren wir schon einunddreißig Hunde. Ich musste mit ansehen, wie unser Frauchen immer mehr die Kontrolle verlor. Sie putzte immer weniger, sie ging mit uns nicht mehr zum Tierarzt und kaufte nur noch wenig zu fressen.

Wir hatten kaum noch Platz im Haus, sodass sie schließlich sogar ihr Malzimmer aufgab. Elisa hatte sich verändert und diese Veränderung gefiel mir überhaupt nicht! Ich versuchte, ihr klarzumachen, dass sie sich um uns kümmern musste, aber sie verstand mein Bellen natürlich nicht. Das Schlimmste war, dass sie immer öfter ihre Tabletten vergaß, voller Angst und Verzweiflung in ihrem Schlafzimmer blieb und wir uns um uns selbst kümmern mussten.

Vor allem der schwachen Sara, die erst vor einem Monat zu uns gekommen war, ging es beständig schlechter. Sie war schon älter und konnte sich kaum mehr gegen die jüngeren Hunde durchsetzen. Elisa aber sah nicht, dass sie abgemagert war und fast nur noch unter dem Küchenfenster in ihrem eigenen Schmutz lag. Sie hatte gar keine Kraft mehr nach draußen zu gehen, wenn unser Frauchen einmal die Tür öffnete. Spaziergänge waren eine Seltenheit geworden.

Eines Tages hörte ich aufgeregtes Bellen aus dem Malzimmer. Luna stürmte aufgeregt die Treppe herunter.

„Was ist denn los?", fragte ich verwirrt.

„Sammy! Sammy, komm schnell", rief sie. „Liss bekommt Babys!"

Ich folgte ihr schnell nach oben. Liss lag in einer Ecke, aus der leise Gewinsel zu hören war. Im Raum befanden sich mindestens sechs weitere Hunde, aber eine Rückzugsmöglichkeit gab es für Liss natürlich nicht. Der Boden war mit einer dicken Schmutzschicht überzogen und es roch nicht gerade angenehm.

„Hey", bellte ich laut. „Jetzt verschwindet bitte mal alle. Liss braucht Ruhe."

Vier von ihnen hörten auf mich, die beiden schwarzen Labradore allerdings bauten sich vor mir auf.

„Was hast du uns schon zu sagen?", fragte der größere drohend.

„Ich war zuerst hier", sagte ich.

„Dass ich nicht lache", erwiderte er. „Als ob das eine Rolle spielen würde."

Sein Freund bellte zustimmend. „Zeig uns doch, dass du der Stärkere bist", sagte er und schnappte nach mir. Ich wich zurück, aber ich war nicht schnell genug. Schon hatte mich der größere und mutigere der beiden ins Bein gebissen. Ich jaulte auf.

„Reicht das jetzt?", fragte Luna verärgert. „Ihr habt gewonnen. Nun verschwindet endlich."

Die Labradore sahen sie böse an. „Das ist noch nicht geklärt", sagte der kleinere, jedoch verließen beide eilig das Zimmer.

„Ist alles in Ordnung?", fragte Luna besorgt.

„Ja. Es geht schon", antwortete ich und leckte mir die Wunde. Dann humpelte ich zu Liss in die schmutzigste Ecke des Raumes. Um sie herum lagen sechs kleine Welpen.

„Oh Liss", sagte Luna und stupste ihre Schwester an, die reglos neben ihren Jungen lag.

Schwach hob sie den Kopf und sah uns an. „Es tut mir leid", flüsterte sie, sodass ich sie kaum verstehen konnte.

„Hol Elisa", befahl mir Luna leise.

Sofort rannte ich durch das Haus, um sie zu suchen. Ich fand sie im Schlafzimmer und bellte sie an, aber sie war vollkommen in Gedanken versunken und schien mich nicht wahrzunehmen. Ich bellte wieder und zog an ihrem Rock, aber sie schob mich einfach weg.

Plötzlich hörte ich ein gequältes Jaulen aus dem Malzimmer. Sofort rannte ich zurück, um zu sehen, was los war.

„Liss, nein", rief Luna und stupste ihre Schwester immer wieder an, aber diese rührte sich nicht. „Sammy, sie atmet nicht mehr!"

„Liss, Liss", sagte ich immer wieder, stupste sie an und leckte über ihr Gesicht, doch sie öffnete ihre Augen nicht. Ich hörte auf.

„Oh nein", murmelte Luna hoffnungslos und legte sich neben sie und ihre Jungen.

Die Welpen hatten gerade ihre Mutter verloren.

In den nächsten Tagen standen Luna und ich vor einem großen Problem. Die Welpen brauchten Milch und Ruhe, aber Elisa kümmerte sich nicht um sie, geschweige denn um Liss' Körper. Die beiden schwarzen Labradore sorgten für Unruhe und Kämpfe zwischen den Hunden und dann gab es noch diejenigen, die um unsere Freundin und Schwester trauerten. Wie sollten Luna und ich mit alldem fertig werden?

Irgendwann schaffte ich es wenigstens, Elisa auf die Welpen aufmerksam zu machen, damit sie sie versorgte. Allerdings kümmerte sie sich dann nicht mehr um uns übrigen, sodass uns nichts anderes übrig blieb, als die Tüte mit Hundefutter in der Küche einfach umzuwerfen, als der Hunger zu groß wurde. Es gab ein riesiges Gedränge und ich bezweifelte, dass alle etwas abbekamen.

Ich versuchte, etwas Ordnung in das Chaos zu bringen, aber ich hatte keine Chance. Das Einzige, was ich tun konnte, war, wenigstens Sara etwas zuzuschieben.

„Sammy", sagte Luna, „wir müssen etwas unternehmen. Wenn das so weiter geht, werden wir alle verhungern."

„Ich weiß", erwiderte ich. „Aber was können wir schon ausrichten?"

„Wir müssen Hilfe holen." Don drängte sich durch zwei Dackel, die ihn anknurrten und nach ihm schnappten.

„Oh, Don", rief Luna entsetzt, „was ist passiert?"

Ich hatte es auch bemerkt. Lunas Bruder fehlte ein Ohr und er blutete.

„Die beiden schwarzen Labradore", sagte er wütend.

Nun kamen auch Max und Timmy. Beide hatten entzündete Augen und waren mit Schmutz bedeckt. Das war der Moment, in dem ich mich am liebsten an Mama und meine Geschwister gekuschelt hätte.

„Beschütze die, die dir am Herzen liegen", murmelte ich. Oh Mama, hilf uns!

„Wir müssen hier raus", sagte Don, „und wir nehmen meine Babys mit."

„Du bist der Papa der Welpen?", fragte Luna mit großen Augen.

„Ja", antwortete Don und fügte dann hinzu: „Es tut mir leid. Ich habe erst nicht mitbekommen, dass Liss Welpen bekommen würde."

Für eine kurze Zeit herrschte Schweigen zwischen uns. Dann hörten wir, wie Elisa die Treppe herunter kam.

„Wartet hier", sagte ich, „und passt auf euch auf."

Ich lief zu unserem Frauchen. Heute schien sie gut gelaunt zu sein, denn sie roch nicht so stark nach Einsamkeit und Verzweiflung wie sonst. Allerdings sollte sie dringend wieder einmal duschen.

„Sammy", sagte sie und streichelte liebevoll meinen Kopf, „es tut mir leid, aber ich kann dich leider nicht mit nach draußen nehmen."

Ich bellte. Wieso sperrte sie uns hier ein? Wieso ließ sie uns nicht wenigstens in den Garten?

Sie zog sich ihre Jacke an und ging. Ich lief wieder zu meinen Freunden.

„Wohin geht sie?", fragte Luna.

„Ich weiß es nicht", sagte ich betrübt. „Lasst uns nach den Welpen sehen."

Gemeinsam gingen wir nach oben ins Malzimmer. Elisa hatte den Kleinen eine Decke gegeben, auf der sie jetzt lagen. Ich vermied es, in die Ecke zu schauen, in der sich noch immer ihre tote Mutter befand. Leises Gewinsel begrüßte uns. Don stupste als Vater seine Jungen stolz an und leckte sanft über ihr Fell. Zwei von ihnen hatten verklebte Augen, ein anderer ein kürzeres Bein. Ein

Mädchen hatte nur ein Ohr. Die anderen waren, soweit ich es sehen konnte, gesund. Max und Timmy legten sich neben die Welpen, um sie zu wärmen.

„Die Kleinen brauchen einen Tierarzt", sagte ich. „Und das möglichst schnell."

„Die Armen", murmelte Luna.

In dem Moment klingelte es unten an der Tür. Sofort begannen unten ein paar Hunde zu bellen. Wer mochte das wohl sein?

„Bleibt bei den Kleinen", wies ich meine Freunde an und lief schnell nach unten. Ich stemmte die Vorderpfoten auf das Fensterbrett neben der Haustür und blickte hinaus. Es war Maria, Elisas Tochter.

„Mama", rief sie und klingelte erneut, „was ist bei dir los? Nun mach schon auf!"

Ich stimmte in den Lärm der anderen Hunde mit ein, als sie ein drittes Mal klingelte. Ich beobachtete, wie sie ihr Telefon aus der Tasche holte und jemanden anrief. Sie drehte sich um und ging ein paar Schritte von der Tür weg, sodass ich nicht verstehen konnte, was sie sagte.

Dann verschwand sie außer Sichtweite und ich ließ vom Fenster ab. Als ich mich umdrehte, stand mir der größere der beiden Labradore gegenüber. Ohne Vorwarnung schnappte er nach mir und biss mir ins Bein. Ich jaulte.

„Ich hab hier jetzt das Sagen, verstanden?!", drohte er mir.

Ich hatte keine Chance gegen ihn. „Ja", winselte ich, leckte meine Wunde und zog den Schwanz ein. Zufrieden bleckte er die Zähne und zog ab.

Auf dem Weg wieder nach oben, kam mir eine Mischlingshündin entgegen, die glücklich immer wieder: „Ich bekomme Babys", vor sich hin sagte.

Die andern waren oben bei den Kleinen und wärmten sie, aber als Luna meine Wunde sah, kam sie sofort zu mir und fragte besorgt, ob es mir gut gehe.

„Es muss aufhören", sagte ich, nachdem ich genickt hatte. „Elisas Tochter war hier. Vielleicht kann sie uns helfen."

Nach einer Stunde kam Elisa wieder nach Hause. Sie hatte einen weißen Pudel namens Sascha und zwei Katzen bei sich. Oh nein, dachte ich, nicht noch mehr Tiere! Die Katzen würden sich in diesem ganzen Chaos niemals gegen die Hunde durchsetzen können.

„Oh Gott", sagte Sascha entsetzt, als er das Haus betrat, „was ist denn hier los? Mir wurde ein schönes neues Zuhause versprochen. Stattdessen ist es hier schmutzig und stinkt."

„Hallo", begrüßte ich ihn. „Es tut mir leid. Aber das ist schon eine ganze Weile hier so."

Angewidert hob er ein Bein und suchte nach einer Stelle, die sauberer war. Als er sie nicht fand, sah er mich mit großen Augen an.

„Nimm es mir nicht übel", sagte er, „aber hier will ich nicht bleiben."

„Ich weiß", erwiderte ich betrübt, „wir wollen hier alle nicht bleiben."

„Aber wieso seid ihr nicht schon längst ausgebrochen?"

„Ausgebrochen?", wiederholte ich verständnislos.

„Ja", meinte Sascha geduldig, „wenn die Tür aufgeht, nach draußen rennen. So hab ich es schon einmal gemacht."

„Elisa geht fast nie aus dem Haus."

„Nun gut", meinte Sascha nach einer Weile, „da wir das gleiche Ziel verfolgen, will ich euch helfen."

„Das würdest du tun?", fragte ich hoffnungsvoll.

„Ja, komm und erzähl mir, was passiert ist, dass es hier so aussieht."

Während ich mit Sascha sprach, klingelte es an der Tür. Er witterte sofort seine Chance, doch ich hielt ihn zurück, denn es war Maria, die zwei Männer in Uniform mitgebracht hatte.

„Polizisten", sagte Sascha, der auf das Fensterbrett gesprungen war.

Elisa kam die Treppe herunter, auf dem Arm eine der beiden Katzen. Sie öffnete die Tür, versperrte uns dabei aber den Weg nach draußen.

„Frau Elisa Schmidt?", fragte der Polizist, der rechts neben Maria stand.

„Ja?", fragte Elisa, die vielmehr überrascht schien, ihre Tochter hier zu sehen.

„Ich bin Kommissar Jung und das ist mein Kollege Peters." Er zeigte unserem Frauchen eine kleine Karte, auf der wohl stand, wer er war. „Wir haben Grund zu der Annahme, dass Sie eine hohe Anzahl an Tieren halten, und wollten nach dem Rechten sehen", sagte Herr Jung.

„Ihre Tochter hat uns informiert, weil sie Hunde bellen hörte und sich Sorgen um Sie gemacht hat", fügte Herr Peters hinzu.

„Dürfen wir hineinkommen?", fragte Herr Jung.

„Meinen Tieren geht es bestens", sagte Elisa, „Sie brauchen sich keine Sorgen machen."

„Nun", meinte Herr Peters, „wir würden uns gern selbst davon überzeugen."

Elisa und die Herren unterhielten sich noch eine Weile, aber schließlich gaben sie es auf und gingen. Doch sie reichten unserem Frauchen einen Zettel mit den Worten: „Das ist eine Verwarnung. Reduzieren Sie Ihren

Tierbestand oder Sie müssen ein Bußgeld zahlen und wir beschlagnahmen die Tiere".

Elisa beachtete den Zettel kaum und legte ihn auf das Fensterbrett, dann schloss sie die Tür und ging nach oben ins Schlafzimmer.

Einen Monat später hatte sich unsere Situation weiter verschlimmert. Sara unter dem Küchenfenster war in eine Welt gegangen, in der sie es viel besser haben würde – den Hundehimmel. Einer von Liss' Welpen folgte ihr wenig später. Der Hunger machte uns zu schaffen und der Schmutz und der Müll in der Wohnung wurden immer mehr.

Die beiden schwarzen Labradore rissen alles an sich, was sie bekommen konnten – Körbchen, Decken, das sowieso schon viel zu wenige Futter. Wie Sascha es richtig ausgedrückt hatte, konnte man auch den Gestank nicht ignorieren. Zu allem Überfluss holte Elisa noch zwei weitere Katzen, einen Dackel und einen Papagei von irgendwo her.

Ich konnte nicht mehr. Ich hatte mein Bestes gegeben, um meine Aufgabe zu erfüllen und meine Freunde zu beschützen, doch ich hatte keine Kraft mehr. Eigentlich war es mir vorbestimmt, auf eine Familie achtzugeben, doch das Herrchen meiner Mama hatte mich ausgesetzt und nun war ich hier in diesem Chaos. Es war alles so schrecklich schief gelaufen!

An einem Tag, an dem Elisa ihre Tabletten wieder einmal nicht genommen hatte und sich wieder so seltsam verhielt, dass ich Angst bekam, kamen die beiden Polizisten wieder. Sie hatten zwei Frauen und Maria mitgebracht.

„Sammy", sagte Sascha und kam ins Malzimmer zu Luna, den Welpen und mir gerannt, „heute ist unser Glückstag. Wir werden gerettet."

„Was?", fragte Luna und sprang auf.

„Wartet es ab", antwortete Sascha nur und verschwand wieder.

Die Polizisten unterhielten sich gerade mit unserem Frauchen, als ich unten ankam, aber Elisa schüttelte heftig den Kopf. Dann versuchte es Maria, aber auch das brachte nichts. Schließlich zog Kommissar Jung einen Brief aus der Hosentasche, überreichte ihn Elisa und betrat ohne ihr Einverständnis das Haus. Sein Kollege und die beiden Frauen folgten, während Maria ihre Mama ohne Widerstand ins Wohnzimmer brachte.

Es stellte sich heraus, dass die beiden Frauen vom nahegelegenen Tierheim kamen und uns einen nach dem anderen in Transportboxen lockten, um uns aus diesem Chaos zu befreien.

Ich half ihnen, indem ich den anderen gut zuredete und sie so freiwillig in die Box gingen.

Endlich! Als wir alle das Haus in den Boxen verlassen hatten, atmete ich auf. Wir waren gerettet! Ab jetzt konnte nur noch alles besser werden.

Heute nun, an meinem fünften Geburtstag, befand ich mich auf einer Spielwiese im Tierheim. Uns allen ging es jetzt besser. Nachdem wir damals aus Elisas Haus ins Tierheim gebracht worden waren, wurden wir alle vom Tierarzt angeschaut. Er hat uns versorgt, sodass unsere Wunden heilten und unsere Schmerzen vergingen. Wir bekamen Spritzen und manche mussten sogar operiert werden. Dann konnten wir uns erholen.

Zwar wurden wir voneinander getrennt, aber wir konnten jeden Tag für eine kurze Zeit zusammen spielen. Die Pfleger päppelten uns mit regelmäßigem Futter und Streicheleinheiten wieder auf. Don kümmerte sich rührend um seine Welpen. Luna unterstützte ihn. Max und Timmy beobachteten die Kleinen, damit ihnen auch ja niemand ein Haar krümmte, wenn ich ihnen etwas beizubringen versuchte.

Sascha war froh, endlich wieder auf einem sauberen Gebiet leben zu dürfen und die Mischlingshündin bekam acht kleine Welpen. Und den beiden schwarzen Labradoren wurde endlich etwas Gehorsam beigebracht.

Nach einer Weile durften wir dann auch von Menschen besucht werden, die sich nach einem neuen Mitbewohner umsahen. Viele von uns wurden schon nach den ersten sechs Monaten im Tierheim vermittelt und bekamen das Zuhause, das sie verdienten. Wir mussten uns schweren Herzens von den Welpen trennen, aber wir wussten, dass es ihnen von nun an viel besser gehen würde. Max und Timmy wurden gleich von einem älteren Ehepaar ins Herz geschlossen und am nächsten Tag abgeholt. Auch Don fand sein neues Herrchen.

Inzwischen sind nur noch Luna, Sascha, ich und drei weitere Hunde hier im Tierheim. Luna wird gerade von einer netten Frau und ihrem Sohn zum Gassigehen abgeholt. Sascha liegt faul in der Sonne und ich schaue einer Familie zu, die sich vor der Spielwiese auf eine Bank gesetzt hat, um uns zu beobachten. Schließlich deutet das kleine Mädchen auf mich und lockt mich an den Zaun. Langsam gehe ich zu ihr und lasse mich von ihr streicheln.

„Den will ich haben", ruft sie und lacht, als ich ihr die Hand ablecke.

Nun kommen auch Mutter und Vater zu mir und streicheln mich.

„Na du?", sagt die Mutter und sieht mich an. Ich stupse ihre Hand an. Der Vater lächelt und wendet sich an eine Tierheimpflegerin.

„Wir nehmen ihn", sagt er und sieht mich liebevoll an.

Endlich würde ich doch noch meine Aufgabe erfüllen können. Und das Beste ist, ich habe ein unglaublich gutes Gefühl, dass ich nie wieder solche Strapazen werde ertragen müssen!

Gerda Stender

Baum der Begegnung

Vor meinem Fenster steht ein kranker Vogelbeerbaum.
Er trägt bereits ein rotes Mal auf dem Stamm. Im Herbst wird er gefällt.
Mir scheint, alle Tiere rundum wollen ihm die letzte Ehre erweisen.

Die Ameisen laufen an ihm hoch und die Amsel setzt sich auf seine Äste.
Es ist ihre Stunde gekommen, um laut und deutlich ihre Stimmungslage preiszugeben.

Die Sperlinge habe nur eine kleine Zeitspanne, um zu verweilen, sie fliegen den Baum an, schnäbeln an den Ästen herum und weg sind sie wieder.

Eilig scheinen es auch die Meisen zu haben, aber sie sind präsent.
Ihnen begegnet gerade noch der Eichelhäher, ein in sich ruhender Geselle, mit Gefühl für Zeit.

Die Mehlschwalben schwirren knapp am Baum vorbei.

Ich denke: *Es fehlt nur noch die Ringeltaube.*
Tatsächlich, sie landet auf einem toten Ast des Baumes mit Fernblick.

Mutter Elster kommt mit Kind vorbei. Das ringelt sich um einen kleinen Zweig.
Dazu ist der kranke Baum nütze.

Das Rotschwänzchen hält etwas Abstand, es braucht die Deckung der naheliegenden Efeuhecke.

Die Stare ziehen es vor, die Wiese an seinem Stamm zu begutachten.

Ja, was sehe ich in der Abendstimmung auf der Wiese?
Einen Igel! Rank und schlank schnuffelt er um den Stamm herum.

Der Hase, mit seinen langen Ohren, behoppelt den Schatten des Vogelbeerbaumes. Scheu ist er nicht.

So viele Begegnungen, so viel Nähe, in so kurzer Zeit, sind bemerkenswert.

Michael Gimmel

Spinnen am Morgen
(Umdichtung eines Sprichwortes)

Übern Weg ganz zart und dünne
webt ihr Netz die Alpenspinne.
webt so wunderbare Spitzen,
dass sie in der Sonne blitzen.
Als sie von der Arbeit rastet,
kommt den Berg heraufgehastet
ein Wandersmann grad auf dem Weg,
bis er vor dem Netze steht.

Er freut sich in des Tages Mitte
auf die Jause bei der Hütte,
wo im Schatten er kann sitzen
und muss nicht mehr länger schwitzen.
Die Spinne nun in großer Not,
weil ihre Existenz bedroht,
erschrocken schreit sie angstvoll auf –
der Wanderer stoppt seinen Lauf,

weil bewundernd er begreift:
mühvoll ist dies Werk gereift.
So etwas zerstört man nicht!
Wanderer kennt seine Pflicht.
(Die Natur und ihre Pracht
hat ergriffen ihn gemacht)
Stumm geht er den Weg zurück ,
versucht woanders nun sein Glück.

Nancy Meissner

Das Geheimnis des Silberwolfs

Mein Name ist Silver, und ich bin ein Silberwolf. Zumindest bezeichnet ihr Menschen mich als Silberwolf. Für manch einen bin ich real. Für andere bin ich ein geheimnisumwobener Mythos, und für wieder andere bin ich einfach nicht existent. Manche von euch Menschen versuchen schon seit vielen Jahren, mein Geheimnis zu lüften. Das Geheimnis des Silberwolfs ...

Sicher denken jetzt manche von euch, dass mein Name nicht gerade einfallsreich ist. Nun ja, was soll ich sagen. Den Namen Silver verpasste mir ein Mensch. Ein Mensch, der mich auf einem Teil meines Lebens begleitet hat. Doch ich bin nicht hier, um euch diesen Teil meines Lebens zu schildern. Ich bin hier, um euch von den Legenden zu erzählen, die mir im Laufe der Zeit nachgesagt wurden. Vielleicht durchschaut der eine oder andere meine Geschichte und erkennt die Wahrheit. Die wahre Geschichte des Silberwolfs ...

Fangen wir mit einer sehr diskriminierenden Geschichte an. Eine Geschichte, in der es heißt, ich sei der gefährlichste Wolf aller Zeiten.

Es ist nun schon viele Jahre her. In meinem Revier herrschte Futterknappheit. Mein Rudel litt großen Hunger, und ich war verpflichtet, für mein Rudel zu sorgen. Ich, Silver, war der Anführer eines riesigen Wolfsrudels. Also hatte ich auch für ausreichend Nahrung zu sorgen. Unser Revier wurde regelrecht leergeräumt. Nicht ein anständiges Futtertier war mehr zu finden. Es waren keine Tiere, die daran Schuld trugen.

Gut, in gewisser Weise waren es doch Tiere. Die grausamsten Tiere, die ich je gesehen habe. Insofern man Menschen als Tiere bezeichnen mag. Eigentlich hatten die Jäger und Wilderer es auf uns Wölfe abgesehen. Doch wir waren viel zu schlau und zu schnell für sie gewesen. Da sie nicht einen von uns erlegen konnten, wurden sie von Tag zu Tag immer wütender. So ließen sie ihre Wut dann an den anderen Tieren aus. Sie erlegten alles, was ihnen vor die Flinte kam. Ob es sich dabei um ein geschütztes oder seltenes Tier handelte, interessierte die Wilderer nicht.

Im Gegensatz zu uns waren sie nicht mal auf das saftige Fleisch der Tiere aus. Hin und wieder konnten wir beobachten, wie sie die getöteten Tiere verspeisten, doch meistens zogen sie ihnen nur das Fell ab, und warfen das Fleisch ihren Hunden vor. Und das, obwohl sie für die Hunde genügend Nahrung dabei hatten! War es ihr Ziel uns Wölfe auszuhungern, in der Hoffnung, dass wir unvorsichtig und langsam werden würden? Wenn sie das bezweckten, gelang es ihnen jedenfalls nicht.

Mein Rudel zog sich zurück, und ich machte mich allein auf die Suche nach Nahrung. Ich brauchte drei Tage, bis ich eine neue Nahrungsquelle fand. Das Futter war praktischerweise auf einem sehr kleinen Gebiet, sodass die Jagd nicht schwer werden würde. Es handelte sich bei den Beutetieren nicht um unsere üblichen Nahrungsmittel. Doch die Tiere, die ich fand, rochen dennoch appetitlich.

Zudem waren sie gut genährt. Große träge Tiere mit Hörnern auf dem Kopf. Sie befanden sich in einer Art Käfig. Nur war es größer als ein Käfig, in den man Tiere sperrt, um sie gefangen zu halten. Wie ich später herausfand, handelte es sich bei den Tieren um sogenannte Kühe, und ihre Besitzer hielten sie in Gehegen und auf Weiden. Ich wusste damals nicht, dass diese Tiere zu den Menschen gehörten. Woher auch? Ich war vorher noch nie in die Nähe von Menschen geraten. Abgesehen von den Wilderern.

Ich riss eine der Kühe und fraß mich ordentlich satt. Meine mehrtägige Reise hatte mich sehr erschöpft, und ausgehungert war ich sowieso schon. Dennoch schaffte ich nicht das ganze Tier.

Nachdem ich gesättigt war, ruhte ich mich in der Nähe meiner neuen Futterquelle aus. Ich schlief schnell ein. Schließlich war ich lange unterwegs, und wurde vorher auch lange genug von den Wilderern gejagt. Der nun gut gefüllte Bauch trug den Rest zur Trägheit und Müdigkeit bei. Geweckt wurde ich von lautem Geschrei. Es war nicht etwa der Schrei eines Tieres, sondern der eines Menschen.

Jetzt sollte ich also erfahren, dass Kühe Menschen gehörten, und nicht uns Wölfen. Ein dickes Weib schrie lauthals vor sich hin, und störte die schöne morgendliche Ruhe. Nur wenige Sekunden später stand ein mindestens genauso dicker Kerl neben dem Weib und richtete eine Schrotflinte auf mich. Die Frau kreischte, dass ich der größte Wolf sei, den sie je gesehen hätte. Und das ich sie bestimmt gleich anfallen würde.

„Nun schieß doch schon Eddie, bevor er uns tötet", kreischte sie und zerrte am Ärmel des Mannes.

Dass die an seinem Hemdsärmel gezerrt hat, rettete mir das Leben. Denn der Mann schoss genau in diesem Augenblick auf mich. Ich bekam nichts von der Schrotladung ab, spürte aber sehr deutlich deren Windzug. Nun war ich wach! Ich sprang hoch, bäumte mich zu voller Größe auf, und knurrte das Menschengesindel wütend an. Da ich jedoch nicht lebensmüde war, drehte ich mich genauso schnell um und rannte davon.

Ich lief zurück zu meinem Rudel. Zumindest lief ich dorthin zurück, wo ich mein Rudel vermutete. Als ich ankam fand ich jedoch nur noch meine zwei jüngeren Brüder wieder.

„Die anderen sind weiter gezogen. Sie hatten nicht genug Vertrauen in dich", erzählte mir mein jüngster Wolfsbruder.

Ich senkte traurig den Kopf und dachte einen Moment nach. Dann berichtete ich meinen beiden Brüdern von meiner Reise und dem Abenteuer mit den beiden Menschen. Trotzdem ich von der menschlichen Gefahr berichtete, wollten meine Brüder mit mir zurück zu der Nahrungsquelle, die ich aufgespürt hatte.

Sie würden nicht mehr lange leben, wenn sie nicht bald etwas Anständiges zwischen die Zähne bekommen würden. Das wussten sie und das wusste auch ich. Mehr als hin und wieder einen kleinen Vogel oder ein Kaninchen gab es in unserem Revier einfach nicht mehr. Also ließ ich zu, dass meine Brüder mich begleiteten.

Der Rest des Rudels hatte mich nicht länger verdient. Sollten sie doch zusehen, wie sie ohne ihren Leitwolf zurechtkamen. Jetzt waren wir nur noch ein kleines Wolfsrudel, das sich in ein Gefahrengebiet begeben würde, und ab sofort niemals mehr unvorsichtig werden durfte. Leichtsinn konnte jedem von uns das Leben kosten.

Vorsichtig führte ich mein kleines Rudel an die leckeren Kühe heran. Der Abend dämmerte gerade, als wir das erste Tier rissen. Diese blöden Biester machten einen ganz schönen Krach, und noch bevor wir unsere Beute in Sicherheit bringen konnten, kam wieder der Mann mit der Schrotflinte aus seinem Haus gelaufen.

„Martha, jetzt sind diese gefährlichen Monster schon zu dritt", brüllte er in Richtung Haus, und schoss zwei Mal in die Luft. Die Schüsse hätte er sich sparen können, denn schon, bevor er auch nur den Finger am Abzug hatte, ließen wir von unserem Mahl ab, und verzogen uns ins dichte Gebüsch.

Von diesem Tag an, war ein neuer Mythos geboren. Dort wo wir die Kühe rissen, befand sich ein kleines Dorf, das nur von wenigen Menschen bewohnt wurde. Es waren Farmen, und die Bauern, dessen Vieh wir getötet hatten, erzählten alle, dass riesige blutrünstige Wölfe ihr Unwesen in der Gegend trieben.

In ihrer Erzählung waren wir plötzlich doppelt so groß, wie wir in Wirklichkeit sind. Unsere Zähne seien riesige Reißwerkzeuge, von denen stets Blut herabtropfte. Und unser Fell sei glänzend und silbern. Seit dem hießen wir für die Menschen Silberwölfe. Das Vieh der Bauern rissen wir angeblich nicht aus Hunger, sondern nur um die Bauern aus ihren Häusern zu locken. Denn unsere eigentliche Beute sind natürlich die Menschen.

Nach kürzester Zeit behaupteten noch mehr Farmer, uns gesehen zu haben. Dreist erzählten sie herum, dass wir auch auf deren Farm gewildert hätten. Von Erzählung zu Erzählung hatten wir mehr Vieh gerissen, wurden immer größer, und sollten sogar schon ein kleines Kind verspeist haben. In Wirklichkeit waren wir jedoch schon längst wieder fort. ...

So meine Lieben, das war sie nun also. Die Geschichte des riesigsten und gefährlichsten Wolfes aller Zeiten. Ja, ja, der Silberwolf ist schon ein bösartiger Menschenfresser. Wozu sollten wir auch Tiere jagen, wenn Menschen doch viel besser schmecken.

Wenn ihr denkt, dass dies schon eine wilde Geschichte war, dann wartet ab, was jetzt kommt. Der Silberwolf ist nämlich ein Werwolf. Ganz recht, ich bin eigentlich ein Mensch, der sich nur bei Vollmond in einen Wolf verwandelt. Doch ich möchte euch natürlich auch diese Geschichte von Anfang an erzählen. Viele von euch glauben sicher, dass die Geschichten rund um Werwölfe alle nur erfunden sind. Nichts weiter als mythologischer Aberglaube. Doch ist das wirklich so?

Ich kann euch sagen, ich bin bereits sehr alt. Für einen einfachen Wolf schon fast zu alt. Aber ein Werwolf stirbt bekanntermaßen nicht, wenn er nicht mit einer Silberkugel getötet wird. Und mich wird niemals eine Silberkugel treffen! Andere Werwölfe wurden schon erlegt, so erzählt man sich zumindest. Ich persönlich habe noch keinen getöteten Werwolf gesehen. Die Menschen behaupten, dass man uns nur mit Silberkugeln erlegen kann. Also nannten sie uns nicht mehr einfach nur Werwolf, sondern gaben uns auch noch den hübschen Namen Silberwolf.

Es war vor sehr langer Zeit – ich sagte ja bereits, ich bin sehr alt – als in einem kleinen Dorf in Kanada, eine blutrünstige Bestie umherging. Diese Bestie tötete Mensch und Tier. Es war ihr scheinbar vollkommen egal, was es tötete. Hauptsache es floss Blut!

Und Blut floss damals reichlich, das könnt ihr mir glauben. Als die ersten getöteten Tiere aufgefunden wurden, glaubten die Menschen noch, es sei ein Tier gewesen. So etwas wie ein Bär oder ein Wolf. Doch dann wurde eine menschliche Leiche aufgefunden, die auf unbeschreiblich grausame Weise zugerichtet worden war.

Die Kehle war regelrecht zerfetzt, der Körper war übersät mit tiefen Kratzern und Schnitten. Diese Tat konnte kein Tier vollbracht haben, sagten sich die Dorfbewohner. Sie kannten einfach kein Tier, das solch messerscharfe Krallen und so unglaublich große Zähne haben konnte. Als Täter kam nur noch ein Mensch infrage. Das Dorf war klein, und alle kannten sich untereinander. Ein Fremder wäre ihnen aufgefallen.

Doch wer konnte der Mörder sein? Welcher der Dorfbewohner hatte ein solch düsteres Geheimnis? Die

Bewohner bewaffneten sich und schlossen zum allerersten Mal ihre Haustüren ab.

In den nächsten Nächten geschah gar nichts. Weder Tiere noch Menschen wurden getötet. Doch dann kam der Vollmond. Er kam, als alle dachten, dass es keine weiteren Opfer mehr geben würde. Die Menschen hatten sich getäuscht, denn in dieser Nacht geschah es wieder. Der Killer schlug genauso grausam zu wie beim letzten Mal. Am nächsten Morgen fand eine Bauersfrau den Bäcker tot in ihrem Rasen auf. Die Leiche wies dieselben Wunden auf, wie auch das andere Opfer.

Wieder begannen die Dorfbewohner, sich unsicher zu fühlen. Sie schafften noch mehr Waffen in ihre Häuser und kauften zusätzliche Schlösser für Fenster und Türen. Sobald die Dunkelheit über das kleine Dorf hineinbrach, flohen die Bewohner regelrecht in ihr schützendes Heim. Wieder vergingen Nächte um Nächte und rein gar nichts geschah. Doch die Dörfler hatten dazugelernt. Sie warteten auf den Vollmond. Würde diesen Vollmond wieder jemand sterben, fragte man sich. Jeder einzelne Mensch in diesem Dorf, ob Mann, Frau oder Kind, zitterte vor Angst, als der nächste Vollmond am nächtlichen Himmel stand. In dieser Nacht fand keiner von ihnen Schlaf.

Alle lauschten und horchten, auf unbekannte Geräusche oder gar das hilflose Schreien eines Menschen, welcher der Bestie zum Opfer gefallen war. Doch es war nichts Ungewöhnliches zu hören, außer dass Heulen eines Wolfes. Dieser heulende Wolf war ich. Ich hatte ja keine Ahnung, was ich mit meinem Geheule anrichten würde.

Am nächsten Morgen fand man die nächste Leiche. Es war die Frau des kürzlich getöteten Bäckers. Sie war noch nicht mal über den Tod ihres Mannes hinweg und nun war sie der wilden Bestie selbst zum Opfer gefallen. Die

Dorfbewohner machten noch am selben Abend eine Versammlung, in dem kleinen Rathhaus, in der Dorfmitte. Jeder der etwas zu sagen hatte, kam zu Wort. Es wurden alle Dorfbewohner angehört, die ein Anliegen hatten. Jeder suchte Rat beim Anderen, und alle hofften, dass irgendjemand eine Idee haben könnte, die weiterhelfen würde. Ein kleines Mädchen, sie war bestimmt erst acht Jahre alt, rief mitten in der Versammlung aus, dass sie in der vergangenen Nacht einen Wolf gehört hatte. „Er hat ganz fürchterlich laut geheult, sodass die Wände unseres Hauses erzittert sind", sagte die Kleine, und kauerte sich ängstlich zusammen. Ihre Eltern bestätigten die Aussage des kleinen Mädchens, um ihre Glaubwürdigkeit zu unterstützen. Erst dann meldeten sich auch andere Dorfbewohner, die mein Heulen vernommen hatten. Der Dorfsheriff beschloss somit, dass der Killer wohl doch kein Mensch, sondern ein Tier sein musste. Nämlich ein Wolf! Von diesem Zeitpunkt an stand ich unter Mordverdacht.

Wieder vergingen Tage und Nächte, in denen nichts geschah. Abgesehen davon, dass ich nun zu einer gejagten Tierrasse gehörte. Jeden Abend gingen die Männer des Dorfes auf die Jagd. Als die ersten Schüsse in meine Richtung abgegeben wurden, suchte ich mir ein sicheres Versteck. Mit meiner Freiheit war es vorbei. Doch lieber lebte ich in einem kleinen Versteck, als erschossen zu werden.

Erst als der nächste Vollmond aufblühte, passierten weitere Morde. Ich spreche hier absichtlich von der Mehrzahl, denn in dieser Vollmondnacht gab es mehr als ein Opfer. Die Dorfbewohner, die Jagd auf mich machten, waren noch unterwegs, als tiefste Dunkelheit über das Land hereingebrochen war. Das wurde vielen von ihnen zum Verhängnis. Vier von fünfzehn Männern verloren ihr

Leben. Doch dieses Mal ließ der Killer Zeugen übrig. Die Überlebenden rannten um ihr Leben, um nicht doch noch von dem Untier erfasst zu werden. Keiner konnte so recht glauben, was da gerade passiert war. Ein riesiges, zottiges Wesen stürmte auf die Gruppe zu und killte einen nach dem anderen.

Die überlebenden Männer liefen aufgebracht durch das Dorf und brüllten lauthals um Hilfe. Kurzerhand berief der Stadtverordnete eine Versammlung ein. Mitten in der Nacht trafen sich die Dorfbewohner im Rathhaus, um zu hören, was den Männern bei der Jagd geschehen war. Das aufgeregte Gerede der Jäger wurde hier und da von einem „Oh!", „Auweia" und „Nein, das ist ja unglaublich", unterbrochen. Untermalt wurden die Stimmen der Männer, vom Schluchzen der Frauen, die bei der Jagd ihre Ehemänner und Söhne verloren hatten. Das zottige Wesen hatte bereits viele Opfer aus dem kleinen Dorf gefordert, doch heute Nacht waren es mehr denn je.

„Das Vieh war kein einfacher Wolf, aber ein Mensch war es auch nicht", berichtete einer der Überlebenden. „Es war wie eine Mischung aus Mensch und Wolf. Viel größer als ein Wolf, zeitweilig auf zwei Beinen und so muskulös wie ein ausgewachsener Mann", erzählte er weiter und jagte den Dorfbewohnern noch mehr Angst ein, als sie bisher schon hatten.

„Das muss ein Werwolf sein!", rief ein junger Bursche in die Runde und hielt ein Buch nach oben. Es handelte sich bei dem Buch um Mythen aus der Vergangenheit. In diesem Buch waren Geschichten zu finden, die nie von einem Menschen belegt werden konnten. Unter anderem auch die Existenz der Werwölfe.

Laut dem Buch waren Werwölfe eine Mischung aus Mensch und Wolf. Eines Nachts kam ein Wolf in ein

Menschendorf und biss bei Vollmond kräftig zu. Jeder der gebissen wurde, verwandelte sich in der Nacht des Vollmondes selbst in einen Wolf. Jedoch waren die Menschenwölfe größer und blutrünstiger, als die normalen Wölfe.

Die Jäger stimmten dem Burschen tatsächlich zu. Das Buch enthielt eine Zeichnung, die einen Werwolf zeigte und die Jäger erkannten ihn sofort wieder.

„Das ist er! Das ist das Monster, das vier unserer Männer getötet hat", behaupteten mehrere von ihnen und nickten zur Bekräftigung mit ihren Köpfen.

„Steht in dem Buch, wie man das Vieh töten kann", fragte ein altes Waschweib und streckte ihren Kopf neugierig zu dem Buch des Jungen.

„Ja, die Werwölfe sollen mit Silber umgebracht werden, steht hier. Am besten ist es, wenn man eine Pistolenkugel aus purem Silber gießt", las der Junge aus seinem Buch vor. Die Erkenntnis, dass der Werwolf nicht unsterblich war, wurde mit einem allgemeinen „Aha" der Anwesenden bewertet.

Am nächsten Tag machte sich der Schmied sofort daran, die Silberkugeln zu fertigen. Alle Frauen aus dem Dorf kamen herbei, um dem Schmied ihren teuren Silberschmuck zu bringen. Dieser nahm alles, was er bekommen konnte. Aus Ohrringen, Ketten und sogar aus Eheringen, wurden perfekte silberne Pistolenkugeln gegossen. Der Bestatter des Dorfes übernahm inzwischen eine weitaus unangenehmere Tätigkeit. Er verbrannte alle Menschen, die durch den Biss des Werwolfes getötet wurden. Auch die, die schon längst beerdigt waren, wurden wieder ausgegraben und verbrannt.

Zu groß war die Angst, dass der alte Mythos sich bewahrheiten könnte. Niemand wollte riskieren, dass die

Getöteten beim nächsten Vollmond aufwachten, sich aus ihren Gräbern buddelten, und selbst als blutrünstige Bestien durch das Dorf strichen.

Nachdem alles erledigt war, bereiteten die Männer sich auf den nächsten Vollmond vor. Die Häuser wurden für die Frauen und Kinder gesichert. Fenster und Türen wurden vernagelt. Unterirdische Gänge wurden als Schlupflöcher zur eventuellen Rettung aus dem Haus, gegraben. Die Pistolen wurden mit Silberkugeln geladen und Wachen wurden aufgestellt, die im Dorf patrouillierten. Dann war es wieder so weit. Der nächste Vollmond brach über das abergläubische Dorf herüber. Wieder hörten die Bewohner das markerschütternde Jaulen eines hungrigen Wolfes. Ja, auch diesmal war ich wieder der Wolf, der diesen Laut von sich gab. Ich tat es aus gutem Grund, doch den schildere ich euch erst später.

Die Männer griffen zu ihren Waffen und stürmten nach draußen. Die Jagd hatte begonnen.

„Lasst uns diesen Silberwolf erlegen", jubelte einer von ihnen, als sie in den Wald liefen. Den Namen Silberwolf hatte sich der Knabe mit dem Buch ausgedacht. Er fand der Name Silberwolf sei passender, als die Bezeichnung Werwolf. Denn schließlich war der Silberwolf ja mit Silber zu töten.

Die Männer hatten in dieser Nacht Glück. Nicht nur weil jeder Einzelne von ihnen überlebte, sondern auch, weil sie ihren Werwolf, beziehungsweise ihren Silberwolf, erlegten. Drei Männer schossen gleichzeitig auf die wilde Bestie, noch bevor sie irgendjemanden angreifen konnte. Sie schossen ihre Magazine komplett leer und fast jeder Schuss war ein Treffer gewesen. Es gab also nicht die geringste Chance, dass der Silberwolf überlebt hatte.

Dementsprechend vergaßen die zielsicheren Männer auch jede Vorsicht und traten furchtlos an das regungslose Wesen heran. Nun erkannten sie, was es gewesen ist, dass sie immer, wenn Vollmond war, auf Trab gehalten und zahlreiche Menschen getötet hatte. Es war kein Wolf gewesen, so wie sie es dachten. Auch nicht wirklich ein Werwolf. Es war nichts weiter, als ein Mensch.

Ein Mensch, der schon seit vielen Jahren allein im Wald am Dorfrand lebte. Sein Name war Jack. Er kam mit den Dorfbewohnern nicht klar und ist dann eines Tages spurlos verschwunden. Nun hatten die Dorfbewohner Jack wieder gefunden. Jack, der sich in Fellen von Wölfen gekleidet hatte. Jack, der nicht mehr ganz klar im Kopf war und sich einfach nur an die Dorfbewohner rächen wollte.

Nachdem Jack erledigt war, gab es keine weiteren Morde mehr und auch das Heulen des Wolfes war endgültig verstummt. Das Heulen, das ich von mir gegeben hatte, entsprang reinem Schmerz, denn ich musste mit ansehen, wie dieser Jack meinen einzigen Bruder getötet hatte, um sich in dessen Pelz zu hüllen.

Nun kennt ihr die Wahrheit über Werwölfe, die auch als Silberwölfe bezeichnet werden. Oder habe ich euch vielleicht nur ein grausiges Märchen erzählt, um mein wahres Geheimnis und meine Existenz zu bewahren?

Nun, ihr könnt ja darüber nachdenken, während ich euch von einem weiteren Abenteuer erzähle. Dieses Mal wird es auch nicht so gruselig, das kann ich euch versprechen. ...

Kanada ist ein wunderschönes Fleckchen Erde, das sehr gern von Forschern inspiziert wird. Immer wieder treffen hier Geologen, Biologen, Tierforscher und andere Menschen ein. Sie bleiben nie lange, richten keinen Schaden an und kommen meist allein oder in kleinen Gruppen.

Eines Tages, als ich gerade an einer Wasserquelle meinen Durst löschte, stand ich plötzlich vor einem jungen Mann. Menschen würden ihn vermutlich als attraktiv bezeichnen. Für mich sah er einfach nur sehr nett und zutraulich aus. Er hatte keine Furcht vor mir, sondern zeigte sofort Interesse und Neugier. Auch ich zeigte von beidem etwas. Doch weder meine Neugierde noch mein Interesse galten dem jungen Mann. Ich interessierte mich viel mehr für seine Begleiterin. Sie sah so wunderschön aus. Ihre braunen Augen schauten mich so lieb an, als könnte sie keiner Fliege etwas zuleide tun.

Während ich eher struppiges graues Fell hatte, war sie schneeweiß und ihr Fell war so weich, wie man sich eine Wolke am Himmel vorstellt. Ja ganz recht, die Begleitung des jungen Mannes war kein Mensch, sondern ein Tier. Er hatte eine Hündin bei sich, Sie war ein weißer Schäferhund und trug den schönen Namen Bonnie. Der Mann hieß übrigens Clark, doch mal ehrlich, wer interessiert sich schon für den blöden Menschen, wenn da doch der schönste Hund auf der Welt vor einem steht???

Clark und Bonnie verbrachten ihren Urlaub in Kanada und verbrachten die ganze Zeit über in der Natur. Sie hatten kein Hotelzimmer gebucht und gingen auch nicht in die Stadt, wenn sie hungrig waren. Clark war ein echter Naturbursche, das muss ich ihm lassen. Er hatte Überlebensinstinkt und wusste wie er sich und Bonnie hier draußen ernähren konnte.

Alles, was er dabei hatte, konnte er immer mit sich herumtragen. Er hatte ein kleines Zelt, einen Schlafsack einen Kochtopf und eine Feldflasche bei sich. Zudem hatte er auch noch ein Jagdmesser dabei. Mir wollte er damit nichts anhaben. Es diente lediglich dazu, sein Essen mit Bonnie, und später auch mit mir, zu teilen.

Die hübsche Bonnie knurrte mich nicht an, als sie mich entdeckte. Sie stellte ihre Ohren auf, ihr Blick war wachsam, aber nicht bedrohlich. Sie fürchtete mich nicht, sondern mochte mich auf Anhieb genauso sehr, wie ich sie sofort mochte. Das führte dazu, dass ich mich stets in der Nähe von Clark und Bonnie aufhielt.

Bei unserem ersten Zusammentreffen trank ich nur und zog mich dann langsam wieder zurück. Doch ich ging nur soweit weg, dass ich sie noch immer wittern konnte. Ich wollte ihre Spur auf keinen Fall verlieren. Ich wusste, dass Bonnie ein Hund war, doch genauso sehr wusste ich, dass sie das Weibchen meines Lebens ist.

Heimlich schlich ich mich bei jeder Gelegenheit etwas Näher an den Menschen mit seinem Hund heran. Ich beobachtete die beiden, wie sie am Abend ihr Lager aufschlugen. Das Zelt stand bereits und Clark machte sich nun auf, um Feuerholz zu sammeln. Dies war meine Chance Bonnie endlich kennenzulernen.

Vorsichtig tappte ich auf sie zu und streckte langsam meine Nase nach ihr aus. Für wenige Sekunden legte sie ihre Ohren an und ich dachte schon, dass sie mich gleich beißen würde. Doch das tat sie nicht. Stattdessen stellte sie ihre hübschen Ohren wieder auf und wedelte freudig mit dem Schwanz. Ich war ihr willkommen! Als Wolf bin ich eher ein sehr stürmischer Typ, also vergaß ich meine Vorsicht und begrüßte Bonnie aufgeregt und herzlich.

Sie nahm mir meine Begrüßung nicht übel, sondern freute sich mit mir. Wir stellten einander vor und hatten kurz Gelegenheit uns ein wenig zu unterhalten. Dann kam ihr Herrchen zurück, welcher laut polternd das gesammelte Holz fallen ließ. Mit offenem Mund stand er da und starrte uns an. Er konnte nicht fassen, was er da sah. Ein echter Wolf kuschelte dort mit seiner treuen Hündin. Ich spürte, wie sein Puls sich beschleunigte und sein Herz zu rasen anfing. Er hatte Angst. Doch er hatte nicht um sich Angst oder Angst vor mir. Er hatte Angst um seinen Hund. Er war sich nicht sicher, ob ich seiner geliebten Hündin etwas antun wollte. Er konnte sich nicht sicher sein, denn schließlich wusste er nicht, dass Hund und Wolf sich sehr gut verstehen können.

Um den Mann etwas zu beruhigen, trat ich von seinem Hund zurück. Aber vorher schenkte ich ihr noch einen flüchtigen Kuss zum Abschied. Ich ließ die beiden alleine, ohne sie wirklich aus den Augen zu lassen. Bonnie wusste natürlich das ich in der Nähe war. Doch ihr Herrchen spürte mich nicht. Ich wachte über beide, damit sie in der Nacht sicher schlafen konnten.

Eine ganze Woche lang traf ich Bonnie heimlich. Immer dann, wenn ihr Herrchen gerade Holz oder etwas Essbares sammelte, schlich ich mich zu ihr. Doch dann erwischte Clark uns ein zweites Mal zusammen. Dieses Mal erschrak er nicht so heftig, sondern trat vorsichtig näher. Er legte seine Beute - er hatte ein Kaninchen erlegt - neben das Lagerfeuer und tat so, als wären wir gar nicht da. Für mich als Wolf war das ein Zeichen, das ich willkommen war. Also zog ich mich nicht zurück, sondern schmuste mit meiner kleinen Bonnie fleißig weiter. Wir hatten uns verliebt und keiner von uns wollte den anderen mehr verlassen. Wir hatten nur noch drei Wochen, bis Bonnie wieder abreisen würde. Doch daran dachten wir nicht.

An diesem Abend teilte Clark sein Abendessen zum ersten Mal nicht nur mit Bonnie, sondern auch mit mir. Während er Bonnie zu sich holte, um sie zu füttern, warf er mir den Fleischbrocken nur aus sicherer Entfernung zu. Er traute mir noch immer nicht so ganz, doch ich hatte Verständnis dafür. Immerhin war ich ein Wolf und um ehrlich zu sein, war ich auch nicht gerade ein sehr kleiner Wolf. Als Clark sich zur Nachtruhe bettete, zog ich mich anstandshalber zurück. Ich wusste, er würde nicht richtig schlafen können, wenn ich so nah bei ihm war. Doch wie auch schon in den Nächten davor, blieb ich ganz in ihrer Nähe. Und genau das war das große Glück der beiden.

Als die Sonne anfing aufzugehen, streifte ein Bär um das Camp von Clark. Ich wusste, dass der Bär hungrig war, und die Essensreste im Camp roch. Clark hatte den großen Fehler begangen die Speisereste nicht zu vergraben. Er hatte den Bären also praktisch angelockt. Clark schlief noch tief und fest, als Bonnie den Bären bemerkte. Sie begann zu bellen und zu knurren, wovon Clark dann endlich erwachte.

Doch es war zu spät, der Bär bäumte sich zu seiner vollen Größe auf und stand nun direkt vor Clark. Dieser blieb wie erstarrt liegen und flüsterte seiner Hündin zu, dass sie sich nicht rühren sollte. Sie schaute ihn verständnislos an, denn sie wollte ihm helfen. Bonnie war zum Kampf bereit, um ihr Herrchen vor dem Eindringling zu verteidigen. Ich bewunderte Bonnies Mut. Scheinbar würde sie sich opfern, um ein Menschenleben zu retten. Das konnte ich nicht zulassen! Bonnie würde gegen den riesigen Bären nicht die geringste Chance haben.

Also übernahm ich das Zepter und sprang den Bären an die Kehle. Bei meinem ersten Versuch verfehlte ich den Bären und machte ihn somit nur noch wütender. Doch mein zweiter Sprung auf den Bären saß. Ich hockte auf seinem Rücken und grub ihm meine Zähne tief ins Genick. Mit scharfen Krallen versuchte er nach mir zu schlagen, doch er verfehlte mich. Mein Glück sollte jedoch nicht lange anhalten, denn schon der nächste Hieb des Bären traf mich schmerzhaft an der Schulter. Ich jaulte auf und fiel zu

Boden. Der Bär schlug mit seinen Tatzen auf mich ein. Ich dachte schon ich hätte verloren, doch dann sah ich Bonnie. Sie stand einfach nur da, mit einer riesigen Angst um mich, die ich nie vermutet hätte.

Also sammelte ich meine letzten Kraftreserven um mich erneut zur Wehr zu setzen. Für Außenstehende mussten wir wie ein merkwürdiges Fellknäuel ausgesehen haben, aber es handelte sich hierbei um einen erbitterten Kampf. Zum Glück konnte ich mich auf meine Geschwindigkeit und auf meine Bisskraft verlassen. So schlug ich den Bären in die Flucht. Kaum war der Bär fort, brach ich an Ort und Stelle zusammen.

Ich hatte das Bewusstsein verloren. Als ich wieder erwachte, lag ich den Armen von Clark. Er putzte meine Wunden mit einem Tuch sauber und sprach beruhigende Worte zu mir. Ich schaute ihn an und wusste sofort, dass er mir nur helfen wollte. Also ließ ich ihn seine Arbeit verrichten. Seine Berührungen schmerzten an meinen Wunden, dennoch gab ich keinen Laut von mir. Ich knurrte nicht und ich schnappte auch nicht nach dem Menschen, dem ich nun vollkommen ausgeliefert war. Er liebte Bonnie und tat ihr niemals weh. Warum also sollte er dann mir etwas antun wollen? Noch während er meine Wunden versorgte, sank ich in tiefen Schlaf.

Als ich wieder erwachte, war es bereits tiefe Nacht. Das Lagerfeuer glimmte nur noch leicht in der Dunkelheit. Bonnie und Clark schliefen bereits. Normalerweise zog Clark sich in sein Zelt zurück, wenn es Zeit war, ins Bett zu gehen. Doch in dieser Nacht hatte er seinen Schlafsack aus dem Zelt geholt und sich zu mir gelegt. Bonnie lag ebenfalls an meiner Seite. Sanft küsste ich die Hündin wach, welche daraufhin ihr Herrchen aufweckte. Dieser war hocherfreut zu sehen, dass es mir wieder besser ging. Er fiel mir um den Hals, als wäre ich ein harmloser Schoßhund. Nun was soll ich sagen, inzwischen war ich das wohl auch. Zumindest zu einem gewissen Teil. Schließlich tat ich dem Menschen nichts, sondern ließ die Umarmung über mich ergehen. Ich sollte ehrlich sein! Ich genoss seine Umarmung! Es war eine Liebkosung, wie ich sie nicht kannte. Sie war fremd, aber keineswegs unangenehm oder beängstigend. Nun bekam Clark seinen ersten Kuss von mir.

Ich brauchte noch einige Tage, bis ich mich wieder weitaus besser fühlte. Als ich wieder einigermaßen gut laufen konnte, machten wir lange Wanderungen. So konnte ich Clark und Bonnie ein gutes Stück von meiner Heimat zeigen. Wir tollten zusammen rum, aßen gemeinsam und verbrachten auch die Nächte dicht aneinandergekuschelt zusammen. Clark, Bonnie und ich.

Die Tage und Nächte verflogen wie nichts. Bonnie und ich wussten von Anfang an, dass wir uns bald wieder trennen mussten. Doch dass es so schnell an der Zeit war, hatte keiner von uns beiden erwartet. Clark packte seine ganzen Sachen zusammen. Er würde kein neues Lager aufbauen, er wollte wieder nach Hause. Zurück in seine eigene Heimat und Bonnie würde er mitnehmen. Nachdem er abreise fertig war, sah Clark zu uns beiden hinunter. Wir saßen ganz brav nebeneinander und schauten ihn aus traurigen Augen an. Clarks Blick wurde ebenfalls traurig, als er Bonnie und mich so sah.

Er kniete sich zu uns nieder und streichelte uns sanft, während ihm Tränen über das Gesicht liefen. Ich leckte sie von seinem Gesicht. Ich wollte nicht, dass er traurig war, doch seine Tränen wollten nicht versiegen. Tat es ihm so sehr weh Bonnie und mich zu trennen? Oder war der Schmerz für ihn so groß, weil er mich verlassen musste?

Ich kannte den Grund nicht, sollte ihn aber schon bald erfahren. Er weinte nicht wegen mir. Vielleicht doch ein bisschen, aber er war hauptsächlich so traurig, weil er Bonnie nun verlassen musste. Er hatte gemerkt, wie glücklich Bonnie hier war. Hier draußen in der Freiheit und bei mir. Clark hatte nicht vor uns zu trennen. Er würde Bonnie die Freiheit und ein gemeinsames Leben mit mir schenken. Natürlich brach es ihm das Herz seine geliebte Hündin zurückzulassen, doch es war das Beste so.

Bonnie würde nie mehr so sein wie früher, wenn er sie jetzt mitnehmen würde. Mich konnte er nicht mitnehmen. Das kam nicht infrage, da ich ein Wolf war. Ein Wolf ist und bleibt ein wildes Tier, das in die Natur gehört. Also blieb nur eine Lösung – er musste sich von Bonnie verabschieden. Es war ein fürchterlicher Abschied, den ich niemals vergessen werde. Sogar für mich war es gewesen, als würde ein Stück von meinem Leben mit ihm gehen.

Bonnie lief ihrem Herrchen zunächst hinterher. Aber es dauerte nicht lange, bis sie stehen blieb und ihm nur noch nachblickte, bis er nicht mehr zusehen war. Als Clark fort war, kehrte Bonnie zu mir zurück und ließ sich trösten.

Viele Hundebesitzer werden jetzt denken, wie grausam das ist. Man kann einen Hund doch nicht einfach sich selbst überlassen. Doch in jedem Hund steckt auch ein Tropfen Wolfsblut. Bonnie hatte sich in der kurzen Zeit sehr an die neue Umgebung gewöhnt und ich konnte ihr alles zeigen, was sie erlernen musste, um hier leben zu können. Glaubt mir, sie war bei mir in guten Händen. Clark wusste das, denn sonst hätte er mir Bonnie niemals anvertraut.

Bonnie vergaß ihr Herrchen niemals, aber sie hörte schon bald auf zu trauern und genoss ihr neues Leben an meiner Seite in vollen Zügen. Wir liebten uns, also vermehrten wir uns natürlich auch. Es dauerte gar nicht so lange, bis Bonnie fünf gesunde kleine Welpen zur Welt brachte. Ich wurde Vater von wunderschönen kleinen Wolfshunden! Und wenn ich sage wunderschön, dann waren sie das auch. Ich spreche hier nicht nur als Vater der Kleinen, denn auch für Außenstehende waren es wunderschöne Welpen.

Bonnie hatte schneeweißes Fell und ich war ein grauer Wolf. Unsere Welpen übertrafen mich und sogar Bonnie, denn sie schimmerten in einem wundervollen Silber. Die ersten Silberwölfe waren geboren!

Eine schöne Lovestory nicht wahr? Wölfe und Hunde sind sich gar nicht so unähnlich. Sie sind noch immer miteinander verwand. Ein Hund ist keineswegs von einem Menschen abhängig, wenn er erstmal die Wildnis besser kennengelernt hat. Ich schätze meine Geschichte konnte euch davon auch ganz gut überzeugen.

Nun möchte ich aber zu einer anderen Geschichte kommen. Sie ist ein Mythos, der das Leben der Wölfe stark gefährdet. Trotzdem möchte ich euch diese Geschichte erzählen, denn zum einen vertraue ich euch und zum anderen werde ich auch einen guten Grund nennen, weswegen das Leben der Wölfe sehr wertvoll ist. Ein Wolf sollte immer bis zu seinem natürlichen Tod am Leben bleiben ...

Es war Mitte des 19. Jahrhunderts, als der Goldrausch im Amerika begann. Der Rausch nach Macht und Reichtum wuchs so stark heran, dass es sich über die ganze Welt verbreitete. Auch nach Kanada kamen die gierigen Goldgräber. Sie kamen in das Gebiet der Wölfe.

Die Goldgräberei wurde so schlimm, dass es zahlreiche tote Menschen gab. Harmlose Menschen, welche die Armut satthatten, wurden plötzlich zu kaltblütigen Mördern. Doch nicht nur unter den Menschen gab es reichlich viele Opfer, sondern auch unter uns Wölfen. Es hatte mit einer Wahnvorstellung begonnen und wurde schnell zu einem blutigen Ernst.

Einer der Goldgräber hatte zu viel gearbeitet. Er war körperlich und nervlich vollkommen am Ende und suchte Schutz im Schatten der Bäume. Dort entdeckte er einen Wolf. Es war nichts weiter als ein harmloser grauer Wolf. Doch für den Goldgräber sah der Wolf nach Reichtum aus. In seinen Augen waren das Fell pures Silber und die Augen kostbare Edelsteine. Der Goldgräber musste nicht lange überlegen, wie er als Nächstes handeln sollte. Er hatte die Nase voll vom ewigen Goldschürfen und hatte nun einen scheinbar viel einfacheren Weg gefunden, um an Reichtümer zu gelangen.

Er tötete den Wolf, den er im Schatten der Bäume entdeckt hatte. Er nahm seinen Spaten und erschlug das arme Tier, das vollkommen überrascht und dementsprechend wehrlos war. Doch nach dem Tod des Wolfes bekam der Goldgräber weder Silber noch Edelsteine. Alles, was er hatte, war ein Wolfskadaver.

Er redete sich ein, etwas falsch gemacht zu haben. Also beschloss er sich Hilfe bei anderen Goldgräbern zu suchen. Ja, seine Verzweiflung war so stark, dass er tatsächlich andere habgierige Menschen um Hilfe bat. Er berichtete von seinem Fund, behauptete, einen Wolf aus purem Silber gesehen zu haben.

Im Flüsterton fügte er hinzu, dass er bei der Tötung des Tieres etwas falsch gemacht hatte. Aus dem Silber wurde zotteliges Fell, aus den Edelsteinen wurden tote gebrochene Augen.

Die Gruppe von Goldgräbern beriet, wie man die Wölfe töten konnte, ohne den kostbaren Schatz dabei zu verlieren. Das Tier muss auf eine bestimmte Art und Weise getötet werden, beschlossen die Goldschürfer.

So zogen sie hinaus, vergaßen, dass sie eigentlich nach Gold suchten, und suchten stattdessen die Wölfe Kanadas auf. Sie töteten zahlreiche Wölfe. Ganze Rudel löschten sie aus. Und dabei waren sie stets bedacht, jeden Wolf auf eine andere grausame Art zu töten. Sie erschlugen die Tiere, erschossen sie, erdrosselten sie und schnitten ihnen die Kehlen auf. Doch es kam nichts dabei heraus, außer das die Wölfe Kanadas allmählich vom Aussterben bedroht waren.

Eines Abends traf die Goldgräbergruppe auf einen kanadischen Ureinwohner. Der Indianer hatte die mordenden Männer schon eine ganze Weile beobachtet. Nur zu gerne hätte er die armen Wölfe sofort gerächt und die Männer kaltblütig getötet. Doch Mord sollte man nicht mit Mord ausgleichen. So ging der Indianer auf die Männer zu und lud sie in sein Dorf ein. Dort angekommen versorgte er die Männer mit Essen und Trinken und bot ihnen an, ihnen eine Geschichte zu erzählen.

Die Männer schauten misstrauisch drein. Sie wollten keine Geschichte hören, sie wollten die Wölfe töten. Doch der Indianer fügte hinzu, dass die Geschichte vom begehrten Silberwolf handelte. Von dem Wolf, den die Männer auf so unterschiedliche Weisen töteten. Der Ureinwohner hatte nun die volle Aufmerksamkeit der Gruppe.

Sie machten es sich am Lagerfeuer gemütlich und lauschten aufmerksam den Worten des Indianers.

„Seit vielen Jahren leben die Silberwölfe hier bei uns in Kanada", begann der Mann mit geheimnisvoller Stimme zu erzählen. „Die Wölfe sind unser wertvollstes Gut, den Grund dafür habt ihr ja bereits selbst herausgefunden. Unsere Silberwölfe haben ein Fell aus reinem Silber und

Augen aus kostbarsten Edelsteinen. Ihr Männer seid nicht die Ersten, die diese Wölfe deswegen jagen. Doch, wenn ihr glaubt, mit dem Mord an einem Wolf an Reichtum zu gelangen, so täuscht ihr euch. Wird der Wolf getötet, so verwandelt sich alles, was an ihm so kostbar ist, in ein Stück reine Natur. Das Silber wird zu einfachem Fell, die Augen sind normale Wolfsaugen."

„Das haben wir auch gemerkt, wie kann man den Wolf töten, um an das Edelmetall und die Steine zu gelangen?", fragte einer der Goldgräber mit einem gierigen Glanz in den Augen.

„Lasst mich zu Ende erzählen, sonst erfahrt ihr es nie", ermahnte der Indianer die Männer und fuhr mit seiner Geschichte fort: „Der Wolf wird nur Kostbarkeiten abgeben, wenn er eines natürlichen Todes stirbt und vorher ein gutes Leben hatte. Ein Silberwolf darf nicht getötet werden. Wir Menschen müssen ihn pflegen und auf ihn achtgeben. Stirbt er dann irgendwann an einem natürlichen Tod, so schenkt er den Menschen Silber und Edelsteine. Euer Morden war also vollkommen sinnlos. Ihr müsst Geduld beweisen und liebe zur Natur zeigen."

Mit diesen Worten erhob sich der Indianer von seinem Platz und wies die Goldgräber an, sein Dorf zu verlassen. Verdattert schauten die Männer drein, erhoben sich jedoch und gingen fort. Sie zweifelten nicht eine Sekunde lang an der Geschichte des Indianers. Schließlich war er ein Ureinwohner und müsste die Mächte der Natur nur zu gut kennen. Also beschlossen die Männer, nicht einen einzigen Wolf mehr zu töten.

Sie hielten sich weiterhin in der Nähe der Wölfe auf, doch sie taten ihnen nichts mehr. Sie bewachten die Tiere lediglich, um sich davon zu überzeugen, dass es ihnen gut ging. Und selbstverständlich mit der Hoffnung, dass einer von ihnen bald von allein sterben würde.

Es gab schon bald weitere Tote, doch diesmal traf es nicht die Wölfe. Die Goldgräber lagen eines Morgens einfach tot im Gras. Ob sie von den Indianern getötet wurden, etwas Giftiges gegessen hatten oder gar den Wölfen zum Opfer fielen, wurde nie aufgeklärt.

Sicher waren die Wölfe dennoch nicht. Es kamen immer wieder neue Menschen, die das Fell und die Augen der Wölfe für wertvolle Kostbarkeiten hielten. Das Töten ging weiter, der Indianer erzählte immer wieder seine Geschichte, doch auch er hatte kein endloses Leben.

Seither ist das Leben der jetzt noch sehr wenigen Wölfe stark bedroht. Es ist also wichtig, dass die Geschichte des Silberwolfes weitergetragen wird und die Tiere vor der Ausrottung bewahrt.

Eine traurige Geschichte, die einmal mehr beweist, wie habgierig Menschen sein können. Ich hoffe sehr, dass ihr nicht auch gierig geworden seid. Ihr habt selbst gelesen, wie es für die Männer geendet hat. Es ist also keineswegs empfehlenswert einen Wolf aus reiner Habgier zu töten.

Eben kam ein Indianer in meiner Geschichte vor. Auch in meiner nächsten Erzählung werdet ihr auf die kanadischen Ureinwohner treffen. Denn womöglich waren sie es, die uns Silberwölfe geschaffen haben ...

Die Mohawks waren ein Indianerstamm in Kanada. Wie allen bekannt sein dürfte, sind Indianer sehr naturverbunden. Es handelt sich bei Indianern um Ureinwohner, welche die Natur noch zu schätzen wussten. Sie rotteten weder Pflanzen noch Tiere aus, sondern lebten mit ihnen zusammen.

Ein alter Mythos besagt, dass die Indianer sogar mit den Tieren verbunden waren. Indianer konnten mit Bären,

Adlern, Krähen und Wölfen sprechen. Sie waren verwandte Seelen. In alten Ritualen kommunizierten die Indianer mit den Göttern der Tiere und schafften es so, eine enge Verbindung mit ihnen herzustellen. Die Mohawks waren sehr eng mit den Wölfen Kanadas verbunden. Nach dem Tod war die Verbindung sogar noch enger, als zu Lebzeiten. Denn es heißt, dass die Seele eines verstorbenen Indianers in Form eines Wolfes zurückkehrt.

Indianer spüren, wann sie sterben, und ziehen sich wenige Tage vor ihrem Tod in die Wälder zurück. Dort sprechen sie Gebete und führen ihre Riten aus. Mit der Anrufung des Wolfsgottes erbittet sich der Mohawk einen neuen Körper für seine Seele. Hat der Mohawk die Natur stets respektiert, so erhält seine Seele in der Regel den Körper eines Wolfes.

Die sterbliche Hülle wird abgestreift und die Seele wandert in den Körper des Tieres. Damit das Indianervolk ihr verstorbenes Mitglied wieder erkennt, bekommt der tote Indianer keinen herkömmlichen Wolfskörper. Wölfe, in denen die Seele eines Indianers steckt, sind größer als normale kanadische Wölfe und haben zudem ein wunderschönes silbernes Fell. Die Indianer bezeichnen den Wolf als Silberwolf.

Heutzutage werden Silberwölfe nur noch selten gesichtet. Das liegt daran, dass die Mohawks von ihrem Land vertrieben wurden. Sie wurden in Reservate gesteckt, in denen sie ihre traditionellen Riten nicht mehr fortsetzen durften.

Doch hin und wieder gelang es einen der Indianer, zu entfliehen und in seinen verdienten Körper eines Silberwolfes zu schlüpfen.

Nun ist es an der Zeit mal von den mystischen Geschichten wegzukommen. In der folgenden Geschichte möchte ich euch etwas erzählen, das der Wahrheit entsprechen könnte. Oder ist es vielleicht sogar wirklich das wahre Geheimnis des Silberwolfes?

In Kanada sind auch heute noch Wölfe beheimatet. Ihre Rudel findet man in der Taiga Kanadas, sprich in den Waldgebieten. Leider gibt es heutzutage nicht mehr ganz so viele von uns Wölfen, was verschiedene Gründe hat. Leider muss ich sagen, dass auch in diesem Fall wieder der Mensch die Schuld trägt. Immer mehr von unserer geliebten Taiga wird einfach abgeholzt. Aus dem Holz der Bäume werden Möbel und Häuser gebaut.

Anstatt neue Bäume zu pflanzen, pflanzt ihr Menschen einfach eure Häuser und Straßen mitten in die Natur. Unser Lebensraum wird dadurch stark eingeengt. Zudem haben viele von euch auch regelrechte Todesangst vor uns Wölfen.

Es wird immer wieder behauptet, dass wir uns zu weit in den Lebensraum der Menschen vorwagen. In Wirklichkeit ist es jedoch so, dass ihr uns immer näher kommt. Doch egal wie es nun wirklich ist, ihr habt in der Regel große Angst vor uns. Durch gruselige Geschichten und Märchen wurden wir Wölfe zu gefährlichen menschenfressenden Monstern. Eine Darstellung, die nicht der Wahrheit entspricht. Alles, was wir wollen ist, einen anständigen Lebensraum und unsere Ruhe vor den Menschen.

Wie dem auch sei, trotz eingeschränktem Lebensraum, wolfsmordenden Menschen und einigen Umweltveränderungen, schaffen wir es trotzdem noch, uns zu vermehren.

Wir ausgewachsenen Wölfe haben ein gräuliches Fell. In den Polargebieten haben wir auch schon mal fast schneeweißes Fell. Doch hier soll es ja um den Silberwolf gehen. Ich möchte euch nun erklären, was der Silberwolf ist.

Haben wir Junge in unserem Rudel, so unterscheiden sie sich nicht nur von der Größe und von ihrem Verhalten von uns Erwachsenen. Auch das Fell ist bei den Welpen anders. Es ist weicher und fluffiger. Und zu dem ist es weder weiß noch grau, sondern von einem wunderschönen Silber. Silberwölfe sind also kleine niedliche Wolfswelpen. Sie sind in der Tat sehr schön anzusehen, doch leider verlieren die Welpen nach einigen Monaten ihr Babyfell. Sie bleiben also keineswegs dauerhaft in dieses schöne Silber gehüllt, sondern bekommen ihre Erwachsenenfarbe.

Eine plausible Geschichte, die sehr glaubhaft ist oder? Doch entspricht sie tatsächlich der Wahrheit? Bevor ihr euch entscheidet, welche Geschichte erfunden ist, und welche der Wahrheit entspricht, habe ich euch noch eine letzte Erzählung zu bieten.

Es war einmal ein junges Mädchen, das gerne eine Autorin sein wollte. So suchte sie immer wieder nach Wettbewerben und Verlagen, denen sie ihre Geschichten anbieten konnte. Mithilfe modernster Technik fand sie einige interessante Ausschreibungen, in denen es um Tiere gehen sollte. Also entschloss sich das Mädchen dazu, eine Geschichte zu verfassen, die von einem sagenumwobenen Tier handelte. Sie schrieb über den Silberwolf.

Der Silberwolf ist ein Wesen, dessen Existenz bislang nicht bewiesen werden konnte. Zahlreiche Geschichten und Mythen gibt es um dieses Tier. Manch einer behauptet sogar schon, mal einen Silberwolf gesehen zu haben.

Da die junge Autorin nichts Sinnvolles über den Silberwolf finden konnte, wandte sie sich an einen Wolfsforscher. Dieser bestätigte ihr, dass es keine Wolfsart oder Unterart gibt, welche die Bezeichnung Silberwolf trägt. Dennoch gab er ihr wunderbare Hinweise, wie es dazu kommen konnte, dass einige Menschen behaupten, einen Silberwolf gesehen zu haben.

Nun soll das große Geheimnis um den Silberwolf gelüftet werden!

Bei dem Silberwolf handelt es sich um den Polarwolf. Der Lebensraum dieser Wolfsart sind die kanadischen Arktisinseln. Der Polarwolf gehört zu den größten Wölfen, die es gibt. Sie können eine Höhe von bis zu 80 Zentimetern und ein stolzes Alter von sieben Jahren erreichen.

Der Polarwolf hat aber gewiss kein silbernes Fell. Dennoch könnte es sich bei dieser Wolfsart um den sagenumwobenen Silberwolf handeln.

Ein Polarwolf hat in der Regel ein weiß-graues Fell. Da er auf den kanadischen Arktisinseln lebt, ist der Wolf stets mit Schnee konfrontiert. Besonders am Morgen setzen sich funkelnde Eiskristalle in dem dicken Fell des Tieres ab. Die Eiskristalle im Fell lassen den Wolf in der Sonne silbern aussehen.

Das Geheimnis des Silberwolfs ist gelüftet!

Nun habe ich euch zahlreiche Möglichkeiten genannt, was das Geheimnis des Silberwolfs sein könnte. Einige der Geschichten sind sehr gruselig, andere sehr schön und einige davon könnten der Wahrheit entsprechen.

Oder doch nicht?

Michael Gimmel

Der Schmetterschling
(Freud'sche Psychoanalyse)

Ich wär so gern ein Schmetterling
mit riesengroßen Flügeln.
Ich torkelte tagein tagaus über den grünen Hügeln.
Nie wieder Arbeit, Stress und Frust,
nichts würde mich mehr schlauchen,
ich würde nur in jede Blüte meinen Rüssel tauchen.

Davon käm auch das Torkeln,
doch es würd mir nichts ausmachen,
ich wüsste ja,
ich würde all die Blumen glücklich machen.
Man kann ein Leben wie im Rausch
auf Dauer schwer ertragen.
Bleib ich doch lieber was ich bin,
beginn ich mich zu fragen!

Vielleicht gelingt mir dann und wann
eine Metamorphose.
Dann tausch ich gegen Flügel meine Jacke,
Hemd und Hose.
Nur einen Tag, das wär genug
für eine lange Weile
und eine Wiese blumenbunt im Umkreis einer Meile.

Auch Menschen würde ich nicht scheu'n,
die Kameras mitbringen.
So nah sie wollten ließ ich sie,
wenn sie mich nicht einfingen.
Und hielten Sie ganz still,
ich würd sogar mich auf sie setzen.
Sie könnten dann in

Es wäre alle Welt ganz scharf,
aufs Foto mich zu bannen.
Und hätten Sie's geschafft,
dann gingen glücklich Sie von dannen
Dann hätt ich selber auch genug
und würde menschlich wieder.
Ging friedlich meiner Arbeit nach,
ganz frei und fromm und bieder.

Der blanke Horror wär jedoch,
ein Mensch mit einem Kescher,
ein Entomologist,
ein wilder Schmetterlinge-Häscher.
Der taucht mich ein in Formalin,
spickt mich mit spitzer Nadel
und stellt mich hinter Glas
und prahlt damit vor seinem Madel.

Ich würde metamorphisch mich
sogleich erneut verwandeln.
Aus Selbsterhaltung würde ich
so und nicht anders handeln!
Ich würde dann zum Schmetterschling
und tät vor allen Dingen
ganz fürchterlich zerschmettern ihn
und gleich danach verschlingen.

Jana Heidler

Vandalen sind los

Ist ein eigener Garten nicht wundervoll? Man kann seine eigenen Kräuter, eigenes Obst und Gemüse anbauen. Da weiß man nach der Ernte, was man zu sich nimmt (sollte man zumindest wissen). Außerdem ist dieser Flecken Grün ein Ort der Entspannung und Regeneration, der einen höchst selbst gehört und in dem niemand einen stört. Das dachten wir jedenfalls, bis wir von unsichtbaren Vandalen heimgesucht wurden.

Lange bemerkten wir überhaupt nicht, dass wir neue Nachbarn bekommen hatten. Im Frühjahr traten die ersten, kaum sichtbaren Veränderungen auf, wie Grabespuren im frisch umgegrabenen Beet oder ein stets verschmutztes Vogelbad. Etwaige Verärgerungen dahingehend fing sich die Katze ein. In der Nacht waren zunehmend merkwürdige Schrei- und Quiekgeräusche zu vernehmen, wie wir sie nie zuvor gehört hatten. Wir rätselten über diese Laute und kamen zunächst zu dem Schluss, dass es sich möglicherweise um nachtaktive Vögel handeln könnte, vor allem, weil die Töne von den Bäumen kamen. Richtig überzeugt waren wir allerdings selbst nicht von unserer Theorie.

Als der Sommer Einzug hielt, und das erste Gemüse geerntet werden sollte, stellten wir fest, dass etwas von der erwarteten Ausbeute fehlte. Aber wahrscheinlich hatten wir uns nur versehen und lediglich gehofft, die Ernte würde besser ausfallen. Für uns war das Wetter schuld. Dieser Eindruck zog sich bis in den Herbst hinein. Dabei schenkten wir dem Rascheln in den Gehölzen keine Bedeutung, welches oftmals ab der Abenddämmerung auftrat. Wir wussten ja von nachtaktiven Tieren, die sich im Garten herumtrieben, und glaubten wieder, es handele sich um die Katzen aus der Nachbarschaft. Diese bekamen von uns zusätzliche Schelten, weil sie ihre großen Geschäfte in den Beeten oder auf dem Kompost verrichteten und nicht einmal mehr vergruben. Was hatten sie bloß gefressen? Es stank fürchterlich!

Als die Erntezeit vorüberging, fingen die Schwierigkeiten erst an: Morgens sahen wir immer öfter, dass unsere Mülltonnen durchwühlt waren. Der Unrat war großräumig verteilt. Manche Behälter waren gar umgestoßen worden und das in der gesamten Gegend. Wer tat nur etwas Derartiges? War es vielleicht ein geschmackloser Kinderstreich? Wir beschlossen, dem auf den Grund zu gehen, und legten uns abends auf die Lauer.

Zuerst passierte gar nichts. Die Müdigkeit nahm uns immer mehr in ihre Arme. Allmählich fielen uns die Augen zu. Doch plötzlich raschelte es in den nahen Büschen. Mehrere Schatten huschten daraus hervor und an den Tonnen empor. Dann drang das Klappern der Deckel leise durch die Nacht.

Wir schlichen uns näher heran, bis wir direkt davorstanden. Von drinnen klang ein Rappeln, Knistern und Schmatzen heraus. Unsere Herzen schlugen uns bis zum Hals. Was mochte wohl dort drin sein. Welches gefährliche Tier tat sich gerade an unseren Resten gütlich?

Mit zitternden Händen öffneten wir einen der Deckel, immer auf einen Angriff von einer Bestie gefasst. Mit einer Taschenlampe leuchteten wir hinein und waren reichlich überrascht, als wir die Übeltäter auf frischer Tat ertappten: Niedliche schwarz-weiß-grau-gestreifte Fellnasen, mit großen, furchtsamen Augen, sahen uns an. Man merkte sofort, dass sie am liebsten fliehen würden, wir aber den einzigen Ausgang versperrten. Also knurrten sie ängstlich.

Verzückt starrten wir die Waschbärenfamilie an und zogen uns alsbald zurück. Am folgenden Tag versahen wir die Mülltonnen mit großen Schlössern und *vergaßen* regelmäßig das Katzenfutter im Garten.

Iris Fritzsche

Igel Friedrich

Siehst Igel du im Zickzack laufen,
so wirf die Kirschen auf den Haufen.
Denn Igel, die durch Gärten pirschen,
die naschen gerne auch an Kirschen.
Wie unlängst Igel Friedrich.
Danach fand er Würmer *niedlich*.

Die Igeloma sah es kritisch.
Seit wann sind denn die Würmer *niedlich*?

Das ist, seit Igel Schluckauf haben,
von alkoholgefüllten Maden.
Die in den süßen Kirschen sitzen
und gärend, blubbernd Saft verspritzen.

Sina Blackwood

Das Glück dieser Erde

Bill Dawson schaufelte das Grab zu und bedeckte es mit großen Steinen, damit keine Raubtiere den geliebten Toten in seiner Ruhe stören konnten. Dann zog er seinen Hut, senkte den Kopf und verharrte mehrere Minuten in stummem Gebet.

„Mach's gut, Kumpel", flüsterte er schließlich, lud sich Sattel und Zaumzeug auf, um den Weg nach Norden fortzusetzen.

Die Endlosigkeit der Prärie schreckte ihn wenig, nur die plötzliche Einsamkeit lag wie eine bleierne Last auf seiner Brust. Hin und wieder schaute er zurück, mit Wehmut an Jack denkend, mit dem er die letzten zehn Jahre durch die Wildnis gezogen war. Nun war Jack in einer anderen Welt.

Bill trabte weiter. Gegen Abend erreichte er eine Baumgruppe, die geeignet erschien, in Ruhe die Nacht verbringen zu können. Der einsame Wanderer zog es vor, sein Lager auf einem Ast zu errichten. Er hievte das Sattelzeug hinauf, schnallte es fest und werkelte so lange herum, bis er halbwegs sicher sein konnte, im Schlaf nicht vom Baum zu stürzen.

„Na ja, vielleicht wäre es nicht so schlimm", murmelte er. „Dann wären wir wieder beisammen."

Irgendwann schlief er ein.

Im Morgengrauen weckten ihn laute Diskussionen, irgendwo auf der anderen Seite der Bauminsel und Bill bemühte sich, keinen Laut von sich zu geben. Ja, er wagte nicht einmal, sich zu bewegen. Womöglich waren das Tramps!

„Ich bring es nicht fertig!", hörte er jemanden mit fast weinerlicher Stimme sagen.

„Laden, zielen, abdrücken", befahl ein anderer.

„Mach du das!", bat der Erste.

„Spinnst wohl! Ich ziehe in fünf Minuten los. Sieh zu, dass du es bis dahin zu Ende bringst!"

„Ich kann's nicht!", jammerte die erste Stimme wieder.

„Weichling! Dann lass sie einfach stehen. Sie verreckt doch sowieso."

Kurz darauf erklang der sich entfernende Hufschlag mehrerer Pferde.

Bill blieb noch fast eine halbe Stunde auf seinem Baum, bis ihn das Jaulen eines Kojoten und lautes ängstliches Schnauben regelrecht herunter trieben. Seiner inneren Stimme folgend, schlug er sich quer durchs Unterholz, um nachzuschauen, wer oder was das wohl sein mochte, das dem Tod so knapp entkommen war und nun panisch an den Büschen rüttelte, ohne sie verlassen zu können. Unterwegs griff sich Bill einen knorrigen Stock, um Munition zu sparen. Mit einem einzelnen Kojoten würde er sicher fertig werden.

Da erspähte er schon den kleinen Räuber der schnurgerade auf die Bäume zuhielt. Ein Blick nach links und Bills Herz begann fast hörbar laut zu klopfen. Dort stand ein einsames Pferd, das mit einem Seil an einem Strauch festgebunden war und mit Todesangst in den Augen den Kojoten beobachtete. Aber das war noch nicht alles! Es glich, bis auf eine winzige Blesse auf der Stirn, seinem alten Kumpel Jack!

Bill brach laut schreiend aus dem Wald hervor, fuchtelte mit dem Stock und rannte dem Kojoten sogar noch ein Stück hinterher, um ihn endgültig zu vertreiben. Das Pferd schnaubte wieder. Nur klang es diesmal fast erleichtert. Neugierig schaute es seinem unverhofften Retter entgegen, der den Knüppel weggeworfen hatte, um es nicht zu erschrecken.

„Was haben sie dir nur angetan? Man lässt doch kein Pferd im Stich. Ah, hast ein wundes Bein. Na, das kriegen wir sicher wieder hin. Komm mit, meine ganze Habe liegt auf der anderen Seite!"

Bill tätschelte den Hals des Tieres, löste das Seil und führte das hinkende Pferd zu seinem Lagerplatz, wo er es gründlicher untersuchte.

„Okay, bist ein Mädchen. Werde dich Jacki nennen, dann muss ich mich nicht umgewöhnen", redete er auf die Stute ein, die lauschend die Ohren bewegte. Er kramte in seinem Reisesack nach getrockneten Heilkräutern, zerkaute sie und drückte den feuchten Brei auf den eitrigen Riss am Bein des Pferdes. Zuletzt band er sein blaues Halstuch darum, nickte zufrieden und meinte: „Machen wir uns auf den Weg. Keine Angst, den Sattel trage ich selber. Du musst erst mal gesund werden. Guck mal, da hinten, wo das Gras so hoch steht, fließt sicher ein Bach. Nichts wie hin!"

Jacki humpelte neben Bill her, der extra langsam lief und dabei von den letzten Tagen erzählte, in denen er seinen treuen Wallach Jack durch den Biss einer Klapperschlange verloren hatte. Die Stute tupfte ihm hin und wieder das weiche Maul an die Wange, als wolle sie sagen: Ich verstehe zwar kein Wort, aber ich mag dich. Ich werde nie vergessen, was du für mich getan hast. Und wenn ich wieder gesund bin, dann galoppieren wir beide, soweit uns meine Hufe tragen.

Bill blieb stehen, legte seinen Kopf an Jackis Stirn, schlang seine Arme um ihren Hals und flüsterte, als habe er ihre Gedanken empfangen: „Genau das machen wir!"

Karin Geyer

Grüße von Luzi

Hallo liebe Katzen- und Menschenfamilie in der Hornschänke, die Frau, die ich mir bei Euch ausgesucht habe und von deren Schoß ich nicht mehr herunter wollte, hat mich, wie Ihr wisst, mit zu sich nach Hause genommen. Ihr hattet ihr erzählt, dass meine Katzenmama hochschwanger aus einem fahrenden PKW genau auf Eure Wiese geworfen wurde und Ihr schnell ein Nestchen im Ziegenstall gemacht habt, wo wir sechs Geschwister auch gleich zur Welt kamen.

Morgen wird ein großes Fest gefeiert und das Jahr geht wohl auch bald zu Ende. Was immer das auch sein mag, es ist Hektik angesagt bei Geyers. So heißen nämlich die Leute, bei denen ich jetzt wohne und die meine Familie geworden sind.

Als ich aus dem Transportkäfig stieg, stand ein großer rotgetigerter Kater da und fauchte mich ganz hysterisch an. Das ging ja überhaupt nicht in meinen Kopf. Begrüßt man denn so ein neues Familienmitglied?

Das macht der aber nicht mit mir, habe ich mir so gedacht, dem muss ich erst mal zeigen, dass man mit einer kleinen Katzenlady so nicht umspringen kann. Mir fiel nichts Besseres ein, als auf sein Lieblingsschaffell zu pullern. Ich dachte, dass damit die Rangordnung geregelt sei.

Das fand die Frau, die von allen Mom genannt wird, nicht so gut. Sie hat das Fell gleich gewaschen.

Na ja, ich wusste aber nicht so recht, wie ich mir Respekt verschaffen soll, und bin abends in das Bett zu dem schwarzen Riesen schmusen gegangen, der auch zur Familie gehört. Der ist lang wie eine Giraffe, hat schwarze Klamotten an, lange blonde Haare zum Pferdeschwanz gebunden und heißt Thoralf. Bei dem muss ich immer aufpassen, wenn er durch die Wohnung läuft. Sein Kopf ist soweit oben und ich befürchte, dass er mich dann bestimmt nicht so gut sehen kann, wenn ich zwischen seinen Beinen herum wusele. Der hat mich aber sehr, sehr gern und ich habe ihm beim Schmusen gleich ans Bein gestrullt, damit jeder weiß, dass er jetzt mir ganz alleine gehört.

Das fand Mom wieder nicht so gut und hat mich diesmal rein getunkt (nicht dolle, nur ganz vorsichtig). I-gitt, das roch ganz ekelig an meinem Kopf. Mom tat es dann leid, aber ich sollte offensichtlich was lernen. Ich musste mein Putzprogramm erweitern und mich ganz, ganz lange ablecken. Nun habe ich ein seidenweiches Fell und bin stolz drauf.

Mom hat mich immer wieder in das Katzenklo gebracht und ich habe ihr zu liebe drin gesessen und unschuldig geguckt. Ich wollte wirklich lieb sein und habe nicht mehr ins Bett und auf das Schaffell von Samson gemacht. Statt dessen habe ich mir den großen Hibiskusstrauch in der Küche ausgesucht. Der hat einen großen Topf, weiche Erde wie bei Euch zu Hause und er ist so prächtig, dass er oben an der Küchendecke umbiegt und dort entlang wächst. Sein Stamm ist auch schön zum Kratzen geeignet. Das merkt keiner, habe ich mir gedacht. Leider wurden die Blätter gelb und Mom hat gesagt, dass er mit Katzenpisse überdüngt ist. Sie hat nicht mehr geschimpft, das bringt nämlich nichts bei mir, aber sie hat fürchterlich mit den Augen gerollt und den schönen Busch abgeschnitten und geduscht und dann die Erde mit spitzen Steinchen belegt. Das tut weh beim Draufspringen. Ich lass das jetzt lieber.

Seit dem heiße ich nicht mehr Susi. Sondern ich habe einen Vor- und Zunamen bekommen – Luzi Pissnelke. Alle rufen mich jetzt Luzi. Das kling beinahe wie Susi.

Übrigens, Mom hat mich ganz doll lieb und manchmal guckt sie ganz traurig, weil sie denkt, dass ich die Seele ihres im Frühjahr verstorbenen Katers Wutz bin. Sie sagt, dass ich mich genauso strecke wie er und viele der gleichen Gewohnheiten habe. Und der hat auch viel Unsinn getrieben. Ich kann mich aber gar nicht daran erinnern.

Um Mom zu zeigen, wie lieb ich sie habe, gehe ich jetzt immer brav aufs Katzenklo. Da freut sie sich und sie lobt mich jedes Mal, wenn ich mein Geschäft ordnungsgemäß auf diesem Platz gemacht habe. Natürlich bin ich anfangs immer dann gegangen, wenn sie auch auf ihrem Klo saß, damit sie gleich sehen konnte, das ich keinen Ärger mehr machen will und auch, dass sie nicht traurig ist. Aber das braucht sie nicht zu wissen, sonst merkt sie noch, dass ich ganz schön clever bin.

Kater Samson ist gar nicht mehr so träge. Er rennt sogar hinter mir her, wenn ich ihn wieder mal geneckt habe. Wir fressen auch schön nebeneinander an dem Doppelfutternapf und wir balgen uns auch gern herum, wobei ich immer den Anfang machen muss. Ich springe ihn dann im Vorbeigehen von irgendwoher an und dann geht die wilde Jagd los.

Nur raus darf ich nicht und selber Mäuschen fangen. Schade. Ich würde meiner Familie bestimmt auch welche mitbringen, damit sie sich freut. Aber Mom sagt, da draußen gibt es Krankheiten, die heißen Mirelli und Pichelin oder so ähnlich. Und die können tödlich enden.

Manchmal scheppert es und sie holt den Besen. Aber sie schimpft nicht. Es ist halt so, sagt sie immer.

Samson leckt mich auch schon ab und ich genieße es mit geschlossenen Augen. Aber jedes Mal, wenn es so richtig schön zu werden scheint, dann hört er plötzlich auf, so abrupt, als ob er sich an etwas erinnert. Dann guckt er plötzlich ganz fremd und geht weg. Das tut mir dann leid für ihn aber vielleicht schafft er diese Hürde auch noch. Das wäre schön für uns beide.

Ich pass ja auf, dass nichts kaputtgeht und bin schon richtig Profi beim Sprung von Kratzbaum auf die Tür und oben auf dem Regal lang bis zum Sessel. Aber in Blumtöpfen herumzuackern werde ich mir wohl nie abgewöhnen. Vielleicht ist doch ein Mäuschen drin oder ein Fisch, wer weiß.

Alles Liebe, bleibt gesund und glücklich wie wir.
Das wüscht Euch von ganzem Herzen
Eure Susi, die jetzt Luzi Pissnelke heißt.

Vitae

Blackwood, Sina (bürg. Reni Dammrich)

1962 in Sebnitz geboren, verbrachte sie ihre frühe Kindheit inmitten der Natur. Das hat sie geprägt, spiegelt sich auch in ihren Werken wider. Durch den Umzug ihrer Familie nach Dresden entdeckte sie ihre Liebe zu Museen und Kunstsammlungen. Nach der EOS (heute Gymnasium) und der Lehre zur Wirtschaftskauffrau im Einzelhandel verschlug es sie für einige Jahre an die Ostsee. Inspiriert durch die Schönheit der Landschaft begann sie mit dem Schreiben – und hörte nicht mehr auf. Bis April 2016 veröffentlichte sie 32 Bücher, sowie zahlreiche Kurzgeschichten in Anthologien und Online-Magazinen. Sie präsentiert ihre Bücher auf Messen und zieht seit 2015 mit ihrer „Kettenhemd"-Lese-Show durch die Lande. Seit dem Jahr 1996 lebt sie in Chemnitz. Sie ist Mitglied im Freien Deutschen Autorenverband und der Künstlervereinigung fundus artifex.

Fritzsche, Iris

Schreiben ist ihr Hobby, dem sie, neben dem Reisen und Lesen, einen großen Teil ihrer Zeit widmet. Da sie noch im Berufsleben steht, bleibt dafür weniger Zeit, als sie gern hätte. Seit 2008 veröffentlicht sie in unregelmäßigen Abständen Bücher. Bis jetzt sind es fünf. Geboren und aufgewachsen ist sie in Sachsen, wo sie auch heute noch lebt. Bücher spielten in ihrem Leben schon immer eine große Rolle. Erst hat sie sie nur gelesen, heute schreibt sie sie auch selbst. Bereits seit 2011 ist sie Mitglied im FDA Sachsen.

Geyer, Karin

Geboren 1955, ein KindErfurts; Diplomingenieurin für Straßen- und Tiefbau.
Lebensmotto:
„Jede gute Tat findet ihre würdige Bestrafung." (Antal Szerb)

Eigentlich ist sie unbeabsichtigt zum Schreiben gekommen, weil zum 18. Geburtstag ihrer Tochter kein tolles Geschenk in Aussicht war. Monatelang hat sie ihr Tagebuch im PC damit traktiert und ihr Patenonkel meinte, dass sie „nun nur noch" den Frust rausnehmen und ein paar ihrer Gedichte und Zeichnungen dazu tun müsse. Diese ringgebundenen 100 Seiten waren das schönste Geschenk.
Seit neun Jahren trifft sie sich mit den Senioren einer Schreibgruppe in Dresden. Sie gestalten Lesungen in Bibliotheken und Schulen und haben bereits ein Büchlein mit ihren Gedichten und Geschichten herausgebracht.

Gimmel, Michael

Geboren am 02.12.1953 in Dresden, verheiratet 2, erwachsene Kinder, Abitur in Dresden, danach Tätigkeiten als Elektromonteur, Elektroniker, Englischlehrer, Softwareentwickler, z. Z. Supporter in einem mittelständischen Softwareunternehmen.
Er liebt die Berge, wandert gern, befasst sich intensiv mit Musik, Fotografie und Literatur. Seit seiner Kindheit ist er Fan von Christian Morgenstern, Ringelnatz oder auch Eugen Roth.

Grad, Silvia

Geboren 1944, lebt in Hohenstein- Ernstthal. Sie schreibt Kinder - und Kurzgeschichten, auch Lyrik. Gedichte und Geschichten von ihr wurden bereits in Zeitschriften und zahlreichen Anthologien veröffentlicht. 2010 erschien ihr Gedichtband "Aus dem Garten meines Lebens".

Heidler, Jana

Geboren in Karl-Marx-Stadt (heute: Chemnitz), als Pädagogin tätig. Fantasie war für sie schon immer wichtig, und das Schreiben hatte bereits seit ihrer Kindheit eine immense Bedeutung, weshalb sie begann, vor allem Fantasy- und Horrorromane zu verfassen. Sie hat mehrere Romane veröffentlicht und an einigen Anthologien mitgewirkt. Außerdem ist sie ein Mitglied des Literarischen Kleeblatts (http://literarisches-kleeblatt.de/)
Alles zur Autorin: http://jana-heidler.de

Kadée

> Normal ist langweilig <

Irgendwie war er schon immer anders. Als Jugendlicher hatte er die längste Haarpracht der Schule, die Garderobe war häufig selbst entworfen und genäht.
Konsequenterweise folgte eine Ausbildung zum Schaufenstergestalter im Gestaltungsmekka Düsseldorf beim damals legendären Theo Schotters. Danach schloss sich der Besuch der Fachoberschule für Gestaltung an.

Dann wurde Kadée vom Abenteuerfieber gepackt:
- Zeitsoldat bei einer Fallschirmjägereinheit;
- Profi-DJ;
- Moderator beim Privaten Rundfunk sowie auf Messen und Bühnen;
- Seminarleiter und Trainer für Moderation;
- Darsteller von Event-Figuren wie „Adjib der Wunderbare", „Kobold Byx", usw. usw. ...

Aber eine Sache zieht sich wie ein roter Faden durch sein ganzes Leben:
Wo er auch war und was er auch gemacht hat, der Zeichenstift war immer dabei.
So kam es, dass Kadée im Sommer 1999 zurück zu den Wurzeln fand.
Diesmal hatte ihn die Technik der Airbrush-Malerei in den Bann gezogen.
Den Basisunterricht nahm Kadée bei der Airbrusher-Legende C. Michael Mette.
Wenig später folgte die Immatrikulation am Institut für Ausbildung in bildender Kunst und Kunsttherapie (ibkk, Bochum) Fachbereich Airbrush-Design.

Das Studium wurde nach dem 6. Semester erfolgreich beendet und nach dem Besuch der Meisterklasse bei Roland Kuck mit einer Diplom-Arbeit gekrönt, die in Größe (2,40m x 1,30m) und Ausführung (7-teiliges Werbedisplay mit eigens entwickelter Magnettechnik) wieder einmal anders war als übliche Diplomarbeiten.

Seit 2010 ist Kadée Diplom-Airbrush-Designer. Ein Designer mit einschlägiger Rundfunk-, TV- und Bühnenerfahrung, der schon zu Beginn dieser Karriere eine lange Referenzliste mitbringt.

Seine Erfahrungen als darstellender und bildender Künstler stellt er seit Mai 2015 auch anderen Künstler/innen zur Verfügung.

Als Gründer und Präsident der > Künstlervereinigung fundus artifex e.V. < vereint er Künstler/innen aller Kunstgenres im gesamten deutschsprachigen Raum und über Grenzen hinweg unter einem Hut. Das hat es in dieser Form noch nicht gegeben.

Er war eben schon immer etwas anders....

Meissner, Nancy

Nancy Meissner ist am 22.02.1982 in Berlin geboren und auch heute noch dort wohnhaft. Sie veröffentlichte bereits Gedichte und Kurzgeschichten in zahlreichen Anthologien und brachte zudem zwei eigene Werke auf den Markt. Diese erschienen jedoch unter Ihren Mädchennamen, Nancy Noack. Sie ist eine Autorin, die sich nicht auf ein Genre festlegt, sondern breit gefächert schreibt. Schließlich möchte sie Leser aller Art ansprechen.

Stender, Gerda

1939 geboren und somit Ur-Dresdenerin, Diplomdesignerin, Kommunikationswirtin für Öffentlichkeitsarbeit, mit Sinn für die Malkunst.
Lebensmotto:
„Wir brauchen nicht mehr Wissen, sondern mehr Weisheit. Weisheit kommt von unserer eigenen Aufmerksamkeit."
(Jack Kornfield)

Sie möchte eine Spur hinterlassen. Als sie als Kind auf der Hitsche (Fußbank) sitzt, ist der Stuhlsitz ihre Arbeitsfläche. Strom, auch Kohlen für den Ofen, gibt es nicht. Schließlich schreiben wir das Jahr 1945, die Stadt Dresden ist zerbombt. Was sie aber hat, ist ein Aquarellkasten von Großmutter. Vor ihr selbst liegt eine Kinderzeitschrift, sie malt ein Motiv und zählt die Schriftzeichen aus, damit ihr Text mit hineinpasst.
Nun fühlt sie sich einer Senioren-Schreibwerkstatt zugehörig, hat dort ein kleines Buch mitgestaltet. Im Eigenverlag entstand die Broschüre „Ein Strich ist noch kein Stängel". 16 von ihr dargestellte heilende Pflanzen, sind durch kurzweiligen Text ergänzt. Das macht Lust auf mehr.

Zöllner, Jacqueline

Jacqueline Zöllner wurde 1996 in Chemnitz geboren. Zurzeit macht sie eine Ausbildung zur Fachinformatikerin. Ihre Liebe zum Schreiben entwickelte sich aus einem Traum, aus dem auch ihre erste Geschichte entstand. Sie schreibt hauptsächlich Fantasy- und Tiergeschichten.

„Ungehörte Hilferufe" ist in Deutschland eine der ersten Geschichten über Animal Hoarding, die auch für Kinder und Jugendliche geeignet ist.